Heiko Werning – Mein wunderbarer Wedding

Heiko Werning, 1970 geboren, wohnt seit 1991 in Berlin-Wedding. Er ist Vortragender bei der Berliner »Reformbühne Heim & Welt« und den Weddinger »Brauseboys«. Er hat diverse Fachbücher über Grüne Leguane, Wasseragamen, Blauzungenskinke und andere Reptilien geschrieben: Außerdem zusammen mit den Brauseboys »Berlin mit alles«, Berlin 2009 und solo: »In Bed with Buddha«, Tiamat, Berlin 2007.

Edition
TIAMAT
Deutsche Erstveröffentlichung
Herausgeber:
Klaus Bittermann
2. Auflage: Berlin 2010
© Verlag Klaus Bittermann
www.edition-tiamat.de
Buchumschlagfoto stammt aus dem Wedding und ist
von Klaus Bittermann
ISBN: 978-3-89320-143-3

Heiko Werning

Mein wunderbarer Wedding

Geschichten aus dem Prekariat

**Critica
Diabolis
176**

**Edition
TIAMAT**

Inhalt

Offener Brief an Angela Merkel – 7

200 Wochen Hinterhaus, 3. Stock – 11

Restaurant Seestraße 606 – 16

Mein Migrationshintergrund – 21

Meine Wohngemeinschaft – 30

Haus Bottrop – 36

Entfesselte Leidenschaft – 42

Tage im Februar – 49

Der Kapuzenmann – 61

Die Wahrheit ist das höchste Gut – 63

Krasse Mooves – 67

Natürlich im Fernsehen – 71

Bei meinem Libanesen – 76

Mich wundert es ja kein bisschen, dass dieser ganze Kapitalismus allmählich zusammenbricht – 80

Wie ich einmal fast zum Steuerflüchtling geworden wäre – 85

Nachbarschaftshilfe – 94

Das Kind spricht nicht – 99

Wir Steuerhinterzieher – 103

Telefon-Spam – 110

Durch den kommenden In-Bezirk – 115

Unerwünschte Mitbewohner – 121

Im Finanzamt Wedding – 126

Beim Orthopäden – 155

Die Anforderungen zur Vergabe von Ausbildungsplätzen scheinen mir manchmal doch etwas hoch angesetzt – 142

Brötchenzange – 146

Der Seoul-Imbiss – 150

Der erste Elternabend – 154

Christenalarm – 159

Busfahrer Superstar – 163

Ostern in der Unterschicht – 166

Wie wir mal ein Zeichen Gottes waren – 170

Rattenhimmelfahrt – 176

Nachbarschaftsgespräche – 180

Wedding am Ende – 185

Auf ein gutes neues Jahr – 188

Offener Brief an Angela Merkel

Liebe Angela Merkel!

Das Schöne, wenn man im Berliner Wedding lebt, einem jener verrufenen Viertel der Hauptstadt mit vielen realen und noch mehr von Außenwohnenden angenommenen Problemen, ist, dass man nur vor die Tür gehen und die Menschen betrachten muss, und schon bekommt man gute Laune.

Hier zwängen sich Frauen in hautenge Tops, die dem Begriff »bauchfrei« eine ganz neue, geradezu physische Dimension geben, denn dem speckigen Bäuchlein bleibt oft gar keine andere Möglichkeit, als den Weg in die Freiheit zu suchen, alternativlos quillt es wie Zwiebelmettwurst an der offenen Seite des Kunstdarms heraus, wenn man oben mal ordentlich draufdrückt. Männer daneben sind mit ausgefransten Ledermatten behangen und gucken durch die vom U-Bahn-Schacht-Abwind lustig hin und her spielenden Zotteln ihrer Cowboyhüte in die Gegend, während andere so wirken, als seien sie ausgebrochene Exponate eines ZZ-Top-Museums. Migrationshintergründische Jugendgangs tragen bizarre Kopfrasuren zur Schau, blenden den Betrachter mit einem Weiß, bei dem sich die gute alte Tante Clementine schamhaft in ihre Waschküche verkrochen hätte, oder stopfen sich in seltsam aufgeplusterte Jacken, die sie von Weitem aussehen lassen, als würde sich das Michelin-Männchen mit seinen Kumpels zum Plausch treffen. Ältere deutsche Herren sind so zurechtgemacht, als wären sie GIs, die gerade aus dem Irak zurückkehren, und ältere türkische Herren laufen in maßgeschneiderten Anzügen zum Jobcenter, als müssten sie danach noch die Übernahme eines DAX-Konzerns unter Dach und Fach bringen. Ein Mann läuft hier sogar seit Jahren wie Friedrich der Große herum, im vollen preußisch-blauen Wichs, aufwändig geschminkt, mit Dauerwellen-Perücke.

Niemand hat diese Menschen gezwungen, so nach draußen zu gehen. Im Gegenteil: Dem nackten Entsetzen zum Trotz, das ihnen im Rest der Stadt entgegenschlagen würde – sie haben Aufwand und Mühe in Kauf genommen, sich so zurechtzumachen. Viele der Frauen mussten erhebliche körperliche Anstrengungen auf sich nehmen, um den glitzernden Synthetik-Stoff über die Beine zu bekommen, Präsionsarbeit war erforderlich, um die Hosennaht so exakt zwischen die Schamlippen zu drapieren. Die Islamerjungs bringen ohne Zweifel viele Stunden in der Woche damit zu, mehrmals am Tag ihre Klamotten zu wechseln, damit sie immer im strahlenden Weiß leuchten, ganz zu schweigen von all den Goldkettchen, die abends ordentlich abgelegt und morgens in der richtigen Reihenfolge wieder installiert werden müssen, ohne dass sie sich verheddern.

Kurzum: Es ist der freie Wille all dieser Menschen, so herumzulaufen, es steckt oft viel Liebe zum Detail dahinter, ja, sie mögen das, warum auch immer.

Und dazwischen bewegen sich noch all diejenigen, denen alles egal ist. Die halt mit dem vor die Tür gehen, was gerade dran ist, im Unterhemd, in der Jogginghose, in Textilien, für die ich gar kein passendes Vokabular kenne.

Es ist ihnen wurscht, was andere davon halten, und, das ist das Tolle, den anderen ist es auch völlig wurscht, was die so tragen. Mögen die Hintergründe, die die Menschen hier zu dieser entspannten Einstellung gebracht haben, auch fragwürdig sein – ist es im Ergebnis denn nicht eine wunderbare Vision? Gibt uns der Wedding nicht eine kleine Vorstellung davon, wie eine bessere Welt aussehen könnte? Sicherlich, keine schönere – aber eben eine bessere?

Angela Merkel, vermutlich wissen Sie gar nichts von diesem Viertel, das nur ein paar Minuten von ihrem Wohnsitz und Arbeitsplatz entfernt ist. Kommen Sie doch mal vorbei. Sie können getrost Ihre Bodyguards zu Hause lassen, hier erkennt Sie ohnehin niemand. Freien Wohnraum gibt es genug, Sie könnten einfach einziehen, entspannt hier leben und ausgehen, ganz wie Sie mögen. Mit Ihrer berühmten Topffrisur, die so vielen drittklassigen Kabarettisten und Satirikern lange Jahre Inhalts- und Brotlieferant Nr. 1 war, Sie müssten nicht mehr diesen aufdringlichen, schmierigen, promigeilen Haarschnitzer an sich heranlassen, denn hier gibt es an jeder Ecke ein »cut & go« für nur 10 Euro, und wenn Sie wirklich mögen, könnten Sie Ausschnitt bis zum Bauchnabel zeigen, oder gleich am Plötzensee nackt baden, so wie damals, in Ihrer Uckermark. Sie könnten in dem Abendkleid, das Sie bei dieser Oper in Oslo trugen und das wochenlang die Medien der Republik beschäftigte, beim *Imbiss zur Mittelpromenade* in der Schlange stehen oder sich beim *Lidl* ins Dekolleté filmen lassen – niemand würde auch nur aufmerken.

Liebe Frau Merkel, ich weiß, das ist nur eine Idee, ein Hirngespinst. Aber kleiden und frisieren Sie sich doch weiterhin bitte so, wie Sie es mögen, und ignorieren Sie im Rahmen Ihrer Möglichkeiten das Geraune und Gejohle drumherum. Und wenn Sie dann wirklich mal kurz eine kurze Verschnaufpause brauchen von diesen lächerlichen Debatten, den hochnotpeinlichen Kommentaren, den voyeuristischen Wichtigtuern, kurzum: diesen ganzen Vollspacken der Regenbogenpresse von *Spiegel* bis *Bild*, dann schmeißen Sie sich einfach Ihr liebstes Abendkleid über oder Ihren bequemsten Bademantel, ziehen Sie sich hochhackige Lederstiefel bis zum Arsch an oder Ihre Adiletten, und kommen Sie zu uns gefahren, es sind bis zum U-Bahnhof Seestraße nur sechs Stationen mit der U6, das ist diese Linie in der Farbe Ihres Oslo-Kleides, und dann trinken Sie hier einen Kaffee oder essen einen Döner, ganz wie Sie wollen – es interessiert hier keine Sau.

Herzliche Grüße,
Ihr
Heiko Werning

200 Wochen Hinterhaus, 3. Stock

1. Woche

Die Menschen, die heute durch den Innenhof laufen, sehen so derart normal aus, dass mir gleich klar ist: Die sind nicht von hier. Zwei ganz gewöhnliche Männer Mitte 40, wie aus einer ZDF-Familienserie. Keine Ausländer, keine vom Alkohol ausgezehrten Gesichter und Gliedmaßen, keine Haare bis auf die Schultern, keine flächenfüllenden Tattoos auf den Armen, nirgends Metall – so was haben wir hier sonst nicht. Misstrauisch schauen die Nachbarn aus den Fenstern.

Dann betritt das junge Paar die Szene. Ein bisschen flippig gekleidet, so wie junge Paare in der Fernsehwerbung immer aussehen, so, wie sich Werbeagenturen und Werbegucker ein bisschen flippige Adoleszenten halt vorstellen, mit dem am Körper, was *H&M* für ein bisschen flippige Adoleszenten auf der Stange hat – so was haben wir hier eigentlich auch nicht.

Der Fall ist klar: Westdeutsche ziehen ein.

Und tatsächlich: Nach ein paar Minuten gehen sie wieder durch den Hof zur Straße, um bald darauf mit Kisten und Gerät wieder- und wiederzukehren. Das junge Paar zieht in unser Haus, und die Väter helfen beim Einzug. Was die wohl in den Wedding getrieben hat? Wahrscheinlich diese eigenartige Verwaltungsreform, in deren Folge die ehemaligen Bezirke Wedding, Tiergarten und Mitte zu einem neuen, großen, gemeinsamen Bezirk

Mitte zusammengefasst wurden. Seither kann jeder Makler den Provinzdeppen selbst den Leopoldplatz als Berlin-Mitte verkaufen, und die Zugezogenen halten die *Zwitscherklause* für ein abgefahrenes In-Lokal im Retro-Design.

Wie dem auch sei, die beiden Männer wirken doch manchmal leicht verunsichert, wenn sie auf den bröselnden Putz im Treppenhaus blicken oder auf das Graffiti, auf das kleine Elektroschrottlager neben den Mülltonnen oder die großteils mit Paketband zugeklebten Briefkästen. Einer davon gehört jetzt ihren Kindern. Mit dem Teppichmesser schneiden sie ihn frei. Die Werbezettelausträger werden sich freuen.

Die Väter bleiben das Wochenende über, man hört es bohren und sägen und schleifen aus den Fenstern im dritten Stock.

Die Hausgemeinschaft ist skeptisch. Wie lange die es wohl aushalten hier? Aber wir wissen noch zu wenig, um begründete Schätzungen abgeben zu können. Da bleiben nur die Erfahrungswerte mit den Vorgängern. Akshat, unser Hausmeister, und ich einigen uns auf fünf Monate, danach Umzug nach Prenzlauer Berg.

6. Woche

Das junge Paar schlägt sich tapfer. Es trägt Getränkekisten nach oben, *Tannenzäpfle*-Pils, Weinflaschen, sogar diese kleinen grünen Fruchtsaftkisten. Es kommt mit *Reichelt*-Tüten heim. Mal lugen Lauchstangen heraus, mal liegen Salatköpfe obenauf. Sie haben so ein lustiges braunes Biomülleimerchen, mit dem sie zum lustigen großen Biomülleimer gehen, wo sie dann ihre Kaffeefilter und Kartoffelschalen auf die darin liegenden Plastiktüten voll Hausmüll kippen.

Ich werde ganz nostalgisch. Ich war ja auch mal jung. Ich habe auch mal Müll getrennt. Habe auch mal Fruchtsaftkisten getragen. Fast gerührt blicke ich den beiden nach, wie sie im Hauseingang verschwinden.

8. Woche

Als ich nachts aufwache und in die Küche gehe, um etwas zu trinken, sehe ich durch das Fenster, wie sie im Morgengrauen durch den Hof nach draußen entschwinden. Richtung Uni. Zur Acht-Uhr-Vorlesung. Schaudernd lege ich mich wieder schlafen.

14. Woche

Im Treppenhaus hängt ein Zettel. In schöner, großer Mädchenhandschrift steht da: »Liebe Nachbarn! Wir feiern am Samstag unseren Umzug nach Berlin mit einer großen Einweihungsparty. Dazu sind Sie alle herzlich eingeladen, kommen Sie doch einfach vorbei. Und sehen Sie es uns bitte nach, wenn es nachts etwas lauter werden sollte. Ihre Nachbarn aus dem Hinterhaus, dritter Stock, Julian Kessler und Birthe Langmeier« Fassungslos blickt Akshat mich an. »Von so was hat ein Freund mir mal erzählt«, sage ich, »aber der wohnt im Friedrichshain.«

30. Woche

Sie lassen das Fenster beim Sex jetzt geöffnet. Ich glaube, sie leben sich langsam ein.

42. Woche

Statt der *Reichelt*-Tüten tragen sie immer häufiger die in Alu-Folie eingeschlagenen, dreieckigen Päckchen, oft auch die quadratischen, flachen Pappschachteln. Allmählich sehen die Löcher in ihren Jeans nicht mehr aus, wie neu so gekauft, sondern wie: »Scheiße, kannste eigentlich nicht mehr anziehen, aber egal, hab grade nichts anderes, nächste Woche muss ich aber wirklich mal wieder einkaufen.«

75. Woche

Aus den offenen Fenstern kommt jetzt seltener lustvolles Stöhnen, dafür öfter lautes Gebrüll. Akshat meint, vielleicht bleiben sie doch länger.

130. Woche

Lange schon keine Fruchtsaftkiste mehr gesehen. Überhaupt selten Kisten. Häufig *Aral*-Tüten. Akshat meint, sie könnten sich ruhig auch mal neue Klamotten kaufen, bei *Zeemann* seien die doch ganz preiswert. Am Wochenende furchtbarer Lärm aus ihrer Wohnung. Lautes Wummern und Grölen, ohne jede Vorwarnung. Akshat beschwert sich am Montag darauf über Bierflaschen im Innenhof, außerdem habe jemand von oben in den Flieder gekotzt.

186. Woche

Sie kommen mit großen Tüten von *H&M* nach Hause. Schon das dritte Mal in dieser Woche. Sie sogar mit einer von *Douglas*.

188. Woche

Heute morgen verließen sie Hand in Hand das Haus. Er im Anzug, mit Krawatte, sie in einem schicken Kleid. Ich glaube, es geht zu Ende.

198. Woche

Akshat hält mir den Zettel vor die Nase. Verdana, Schriftgröße 16, Fettdruck. »Liebe Nachbarn. Am kommenden Samstag feiern wir unser Diplom und unseren Auszug. Falls es lauter werden sollte, bitten wir um Entschuldigung.« Er schüttelt traurig mit dem Kopf: »Sie haben sich einfach nicht richtig integriert.«

199. Woche

Am Samstag sehe ich zwei ältere Männer durch den Hof gehen, Ende 40, erstaunlich normal aussehend. Die gehören hier nicht hin, das sieht man auf den ersten Blick. Sie wirken erleichtert, als sie auf den bröckelnden Putz und die Graffiti blicken. Bald darauf tragen sie Kisten und Gerät aus dem Hinterhaus zur Straße.

200. Woche

Heute morgen hat Akshat einen weiteren Briefkasten mit Paketband abgeklebt.

Restaurant Seestraße 606

Der Standort Seestraße 606 im Wedding scheint kein ganz leichter zu sein für gastronomische Projekte. Jedenfalls hat das Restaurant bei uns im Haus eine sehr wechselvolle Geschichte, und obschon ich mich immer aufrichtig bemüht habe, so stabilisierend wie möglich auf die Umsätze im Vorderhaus einzuwirken, muss ich doch letztlich mein Scheitern eingestehen.

1. Versuch:

Lange Zeit hat Akshat, unser pakistanischer Hausmeister, allen diplomatischen Ressentiments dem Nachbarland gegenüber zum Trotz, dort ein indisches Restaurant unterhalten und sich in der Nachbarschaft sehr beliebt gemacht. Nicht beliebt genug aber, denn er klagte über mangelnden Umsatz. Nun hat er seinen Laden im LSD-Viertel in Prenzlauer Berg neu aufgemacht. »Hier lohnt sich das wenigstens«, sagt er und sieht zufrieden dabei aus, als wir ihn besuchen, um mal wieder ein ordentliches Tandori Chicken zu essen.

2. Versuch:

Als Nachfolger zog ein Inder ein, der möglicherweise auch ganz gut kochen konnte. Genau haben wir es nie herausgefunden, da der Mann über keinerlei Deutschkenntnisse verfügte und dadurch jede Bestellung zu einem unkalkulierbaren Risiko wurde. Nicht nur, dass man nie wusste, was man eigentlich erhielt, es war auch keineswegs garantiert, dass alle am Tisch überhaupt etwas bekamen, denn zählen konnte er leider auch nicht. Womöglich damit in Zusammenhang stand der nächste problematische Aspekt seines Wirtschaftsunternehmens, nämlich das Kassieren. Da er offenbar weder seine Gerichte noch die Preise kannte und auch keinerlei Beziehung zwischen diesen Dingen herzustellen vermochte, war es jedes Mal eine echte Überraschung, welche Zahl – und es war immer nur eine einzige Zahl – er am Ende auf seinen Notizblock schrieb und auf den Tisch legte. Mal konnte man sich für insgesamt 7 Euro mit drei Personen pumpelsatt essen und reichlich trinken dazu, mal gab es nur drei Gerichte für vier Leute, die dafür aber 25 Euro bezahlen mussten. Reklamationen führten zu einem quälenden Prozess, den ich hier nicht näher schildern möchte, der aber letztlich darin mündete, dass man selbst errechnen musste, was das alles kosten sollte. Und das wiederum war technisch ebenfalls nicht ganz einfach, da man ja gar nicht wusste, was man eigentlich gegessen hatte. Nur beispielhaft sei ein Essen mit meinem Freund Backen erwähnt:

Backen: Ich hatte ein Chicken Curry – äh ... bestellt.

Ich: Und was hast du bekommen?

Backen: Tja. Curry war's nicht. Eher so etwas in Richtung Madras. Huhn war's allerdings auch nicht. Vielleicht Lamm?

Ich: OK, hier gibt es Mutton Madras, könnte es das gewesen sein?

Backen: Na ja, vielleicht, obwohl die Zwiebeln, die da stehen, waren nicht dabei.

Ich: Na ja, dann zieh die halt ab.

Der indische Gastwirt schaute dem Spektakel fasziniert zu, manchmal nickte er freundlich zu irgendetwas. Ansonsten schien er sehr gespannt, wie die Dinge sich entwickelten, vielleicht hoffte er auch, durch genaue Beobachtung die Rätsel der Rechnungstellung zu ergründen und wähnte sich schon ganz dicht auf der Spur.

Aber obwohl ich recht optimistisch bin, dass niemand von Akshats ehemaliger Stammkundschaft unseren indischen Lehrling absichtlich über den Tisch gezogen hat, erwiesen sich die Besuche in dem Restaurant einfach als zu mühsam, sodass die Kundschaft nach und nach ausblieb. Gelegentlich versuchte ich es immer mal wieder, aber es wurde nichts besser. Im Gegenteil: Da außer mir offenbar so gut wie niemand mehr dorthin mochte, wurde die Qualität des Essens zunehmend fragwürdiger. Nach einer deutlichen Durchfallattacke im Anschluss an einen Besuch zog auch ich mich schweren Herzens zurück.

3. Versuch:

Rettung schien in Form eines mexikanischen Restaurants zu nahen. Ein Ur-Weddinger Pärchen so um die 60 – Lederwesten mit Nieten, Tätowierungen, reichlich Ohrringe und ein wilder weißgrauer Rockerhaarwuchs – schraubte hoch motiviert Schilder mit der Aufschrift *Tequila – mexikanische's Restaurant und Bar* an, tauschte das Mobiliar im Inneren aus, hängte *Corona*-Leuchtwerbung ins Fenster und klebte die roten Zettel mit der Aufschrift »Neue Bewirtschaftung« an die Tür. Ich war gespannt, ob im Gefolge auch noch jemand auftauchen würde, der näherungsweise mexikanisch wirkte, aber offenbar mussten die Sombreros an der Wand für die Authentizität genügen. Kurz nach der Neueröffnung aßen wir einmal dort – es war ganz okay. Als wir eine Woche später ein zweites Mal dorthin gingen, begrüßte uns freundlich grinsend der Inder. Wir waren leicht irritiert, aber er legte uns die *Tequila*-Karten vor. Also gut. Wir bestellten Tacos, freudig nickend verschwand er in der Küche und kam 40 Minuten später mit etwas, das man mit viel gutem Willen als

Chili con carne durchgehen lassen konnte, wieder daraus hervor. In der Woche darauf war die Karte wieder gegen die alte indische ausgetauscht und das mexikanische Restaurant-Innere gegen das alte indische Restaurant-Innere. Nur das große *Tequila*-Schild am Eingang erinnerte noch an die rätselhafte zweiwöchige mexikanische Episode in unserem Haus. Mangels Sprachkenntnis des überlebenden Beteiligten haben wir leider nie die Geschichte dahinter erfahren.

4. Versuch:

Dann blieb das Restaurant plötzlich geschlossen. Niemand im Haus war überrascht. Abgesehen von mir, einen Tag später, als der DSL-Mann wie immer die Pakete für den ganzen Block gesammelt bei mir abgab. Er stand mit einem großen Schiebewagen vor der Tür und fragte, wo er die etwa schrankgroßen Dinger denn hinstellen sollte. Ein Blick auf die Kartons ließ mich staunen: Es waren Gläser darin und Teller und anderer zerbrechlicher Kram. Offenbar eine neue Restaurant-Ausstattung.

Am Abend tauchte ein etwa 50-jähriger, sehr freundlicher Türke bei uns auf.

»Guten Abend! Ist bei Ihnen etwas für mich abgegeben worden?«, fragte er höflich. Anklagend deutete ich auf die acht mannsgroßen Kisten im Eingangsbereich.

»Oh, ist das alles schon da! Wie schön!«

»Was machen Sie denn damit?«

»Ich habe das Restaurant vorne im Haus übernommen.«

»Oh. Na dann, viel Glück. Lief ja nicht mehr so gut die letzte Zeit.«

»Aber bei mir wird alles viel besser. Ich habe schon 15 Jahre Erfahrung in der Gastronomie!«

»Ach ja?« Das interessierte mich ja nun tatsächlich mal.

»Ja, ich habe sogar mal im Grunewald gekellnert!«

Ich war beeindruckt. »Und? Welche Art Restaurant wollen Sie machen?«

»Na ja«, sagte der Türke, »Türkisch gibt es hier in der Gegend ja schon so viel. Und dann habe ich mich mal ein bisschen umgeguckt und gesehen, Indisch gibt es auch, und ganz viel Asiatisch, und Arabisch. Und Pizza! Sogar Afrikanisch! Gibt es alles hier! Und da habe ich gedacht: Da mache ich doch Deutsch, das hat hier keiner, da bin ich der Einzige.«

Ich war noch beeindruckter. »Aha. Und, äh, inwiefern Deutsch?«

»Na, deutsche Küche! Ist doch eine echte Marktlücke! Und außerdem: Deutsch ist am einfachsten. Da kann man einfach drei Saucen vorbereiten, Sauce braun, Sauce mit Pilzen, Sauce braun zwei, kann man gut Montagmorgen machen, hält die ganze Woche, ist ganz einfach. Türkisch ist ja viel aufwändiger, Asiatisch erst recht. Ich mache gute deutsche Küche!«

Ich wünschte ihm alles Gute.

Mein Migrationshintergrund

Ich saß beim Türken, mit meiner zukünftigen türkischen Mitbewohnerin, im vielleicht türkischsten Teil Berlins, und der Türke des Türken kam an unseren Tisch und sprach meine zukünftige türkische Mitbewohnerin an. Auf Türkisch.

»Sprich gefälligst Deutsch«, fauchte meine zukünftige türkische Mitbewohnerin den Türken des Türken an, der, sichtbar erschrocken, sich vermutlich entschuldigte, allerdings vor Schreck versehentlich erneut auf Türkisch, was meine zukünftige türkische Mitbewohnerin nun erst recht aufbrachte und sie den Türken vom Türken anbrüllen ließ: »Wir sind hier in Deutschland, also sprich Deutsch, du Scheißtürke!«

Der Scheißtürke gescholtene Türke vom Türken war nun erschrocken, beschämt und wütend zugleich und parierte, praktisch akzentfrei, aber mit doch etwas gebrochener Logik: »Scheißtürke? Du hast mich einen Scheißtürken genannt? Du bist doch selbst Scheißtürkin! Und Rassistin! Du glaubst wohl, du bist was Besseres, du Deutsche! Du deutsche Scheißtürkin!«

Dann verschwand er wutschnaubend hinter seinen Tresen, von wo er noch nachsetzte: »Außerdem bist du ja nicht mal richtig Türkin, dein Vater ist Iraner, ein Scheißiraner!«

Ich saß also beim Scheißtürken, pardon: beim Türken, mit meiner zukünftigen türkischen, pardon: iranisch-deutschen-scheißtürkischen Mitbewohnerin Sulma, war ein wenig verwirrt über die ethnischen Verwicklungen unserer Essensbestellung, verhandelte aber trotzdem im Folgenden die näheren Details, die aus meiner zukünftigen meine aktuelle iranisch-deutsche-türkische Mitbewohnerin machen sollte.

»Was war das denn jetzt?«, fragte ich Sulma.

»Ich kann das nicht leiden – wir leben hier in Deutschland, die sollen gefälligst Deutsch reden. Sonst wird das doch nie was mit der Integration.«

»Na ja, Integration. Vielleicht will er sich ja gar nicht vollständig integrieren. Wahrscheinlich kommt er doch auch so gut zurecht hier.«

»Wer hier lebt, soll gefälligst auch Deutsch sprechen. Außerdem kann ich gar nicht richtig Türkisch.«

»Aber du bist doch Türkin?«

»Und Iranerin. Und Deutsche. Aber richtig kann ich nur Deutsch. Meine Mutter hat mir als Kind verboten, Türkisch zu sprechen. Sie hat gesagt, wir leben jetzt in Deutschland, also lernen wir Deutsch. Diese ganzen Scheißtürken, meinte meine Mutter, die wären alle zu faul, um Deutsch zu lernen. Deswegen würde auch nichts aus denen.«

»Äh – ist das nicht ein bisschen ...« Mir lag das Wort »rassistisch« auf der Zunge, aber das schien mir irgendwie der Situation nicht angemessen, also stotterte ich etwas und sagte dann: »... zu einfach?«

»Wieso einfach? Ich würde das ganz einfach machen: alle abschieben, wenn sie nicht Deutsch können. Dann sollen sie doch zurück nach Anatolien.«

»Und wo kommt ihr eigentlich her?«

»Na, aus Anatolien natürlich.«

Ich überlegte kurz, dann antwortete ich: »Okay, aber wir machen einen Putzplan, wer wann die Küche und das Bad macht.« Es schien mir angebracht, das unsichere Terrain zu verlassen. Wäre ich mal dort geblieben.

»Nichts«, schnaubte sie auf, »ich bin doch nicht deine Scheißtürkin, die dir das Klo putzt!«

Es war nicht ganz zu leugnen, dass die Stimmung ins

leicht Aggressive umgekippt war, jetzt war ich auch etwas genervt: »Kannst du kein Deutsch? Weißt du nicht, was Putzplan bedeutet? Und WG?«

»Und ob ich das weiß«, knurrte sie, »Putzplan heißt, dass ich putzen soll. Mach ich aber nicht. Ich bin nicht aus Anatolien hierher gekommen und studiere hier Medizin, um jetzt für Deutsche das Klo zu putzen.«

»Aber ich sag doch gar nicht, dass nur du das Klo putzen sollst!« Ich wurde schon etwas lauter.

»Das wär ja auch noch schöner!«, zischte sie, »aber du willst, dass wir beide das Klo putzen, also auch ich. Ich putze aber das Klo nicht. Und die Küche auch nicht.«

»Und wer bitteschön soll das dann machen?«

»Du.«

Es klang nicht wie ein Scherz. Ich schaute sie fassungslos an. Sie setzte nach: »Ich kann das einfach nicht. Du hast doch immer Verständnis für alle Ausländer hier mit ihren ganzen Ticks. Und im Vergleich mit Verschleiern, Zwangsverheiratungen und dem ganzen Scheiß ist meiner, nicht putzen zu wollen, doch vergleichsweise harmlos, oder nicht? Wenn du das nicht willst, dann such dir doch eine schöne arische WG, wo ihr einen fußballfeldgroßen Wandplaner in die Küche klebt und für jeden Quadratmeter genau für ein halbes Jahr im Voraus festlegt, wann den wer mit welchem Scheuermittel putzt. Mach doch!«

Sie brüllte inzwischen. Der Scheißtürke vom Türken brüllte von hinter dem Tresen in Richtung meiner zukünftigen türkischen Mitbewohnerin: »Brüll hier nicht so rum, du Scheißdeutsche!«, und allmählich begann ich doch etwas zu zweifeln, ob es wirklich eine so gute Idee war, bei ihr einzuziehen. Vielleicht war ich doch einfach noch nicht weit genug für dieses multikulturelle Abenteuer.

Aber jetzt musste sie doch lachen, rief irgendwas auf Türkisch zu dem Scheißtürken vom Türken, der daraufhin etwas auf Türkisch erwiderte, das ging zwei-, dreimal hin und her, dann lachte auch er, und sie sagte zu mir: »Gut, seine Schwägerin putzt bei uns.«

Ich schaute sie ungläubig an, aber sie ließ mich erst gar nicht zu Wort kommen: »Jetzt stell dich nicht an, die macht das schwarz und billig, das ist in der Community hier gar kein Problem.«

»Was denn für eine Community?«

»Na, die türkische Community natürlich! Das klappt super. Auch, wenn du mal einen Handwerker brauchst oder einen Schneider, das kann ich dir alles organisieren, kein Problem, alles gut und billig.«

»Aber ich will keine Putzfrau. Erst recht keine türkische!«

»Was hast du denn gegen Türkinnen?«

»Hä? Nichts natürlich! Ich will ja sogar mit einer zusammenziehen. Aber ich will keine türkische Putzfrau! Ich meine ...«

»Glaubst du, Türken sind nicht sauber genug, du Superdeutscher?« Ihre gute Laune war schon wieder dahin.

»Quatsch, was soll das denn jetzt! Eben habe ich noch vorgeschlagen, dass wir uns ganz normal, wie man das eben macht in einer WG, das Putzen teilen!«

»Ich putze nicht. Ich bin doch keine Putzfrau. Das ist wieder typisch, du bist Deutsch, siehst eine Türkin und denkst sofort: Putzfrau. Aber so läuft das nicht in unserer WG, das kannst du mir glauben, so nicht, sonst brauchen wir hier gar nicht weiter zu reden, du ... du ...«

»... Westfale«, half ich aus, »Scheißwestfale.« Dann gab ich auf: »Okay, dann putz ich halt.«

Der Türke vom Türken servierte uns das türkische Essen, es roch sehr gut. Ich hoffte, damit konnten wir nun zum angenehmen Teil des Abends übergehen. Aber sie war immer noch nicht befriedet: »Du? Du willst alleine putzen? Das glaubst du doch selbst nicht! Erstens darf ich mir dann die ganze Zeit das Genöle anhören, und zweitens: Ich weiß, wie es in deiner jetzigen Wohnung aussieht, ich war lange genug mit deinem Mitbewohner zusammen, falls du das vergessen hast, und ich weiß genau: Ihr habt einfach überhaupt nicht geputzt, das war total eklig. Das würde kein türkischer Haushalt zulassen, was ihr da veranstaltet habt!«

Ich seufzte: »Meine Güte, es war unsere erste eigene Wohnung, das macht man so, wenn man von zu Hause auszieht, wir kamen beide aus gutbürgerlichen westdeutschen Haushalten, da muss man sich erst mal von den Eltern emanzipieren ...«

»Ihr habt Schnitzelreste in der Küche liegen lassen, bis überall Fliegen waren.«

»Das war ein Versehen!«

»Ja, weil da so viel Müll drüber lag, dass ihr es gar nicht gemerkt habt!«

»Meine Güte, das ist über ein Jahr her, mir ging das ja auch auf die Nerven, deswegen wollte ich jetzt ja auch einen Putzplan ...«

Der Türke vom Türken mischte sich ein: »Nehmt einfach Schwägerin! Schwägerin putzt gut! Ist billig! Gute Schwägerin!«

»Ich will aber keine Putzfrau!«

Jetzt wirkte der Türke vom Türken verärgert: »Willst du nicht, weil Türkin? Hast du was gegen Türken!«

»Ach, macht doch, was ihr wollt«, murmelte ich entnervt. Na, das konnte ja heiter werden.

Mein leicht mulmiges Gefühl steigerte sich in der ersten Zeit nach meinem Einzug zunächst, vor allem nachdem Sulma mir mitgeteilt hatte, dass ich für die Community in der Seestraße von jetzt an ihr Mann sei.

»Ich bin was?«, fragte ich sie entsetzt.

»Mein Mann. Die würden das sonst nicht akzeptieren, dass wir zusammen wohnen.«

»Aber ... ich meine – das geht doch nicht. Ich werde hier, nun ja: Damenbesuch haben. Und du hast einen Freund.«

»Na und? Erstens gucken die ja nun nicht in unsere Schlafzimmer, und zweitens würde sie das nicht groß stören. Westliche Verkommenheit, das setzen die sowieso voraus. Abgesehen davon machen die das selbst ja auch alle so. Wichtig ist halt nur, dass offiziell keiner was mitkriegt.«

»Wie, offiziell? Ich soll mit meiner Freundin dann nicht Hand in Hand über die Seestraße gehen dürfen, oder was?«

»Quatsch, das kannste machen, wie du willst. Aber seit wann stehst du denn auf Händchenhalten?«

»Darum geht's doch gar nicht. Ich will aber nicht irgendwann von einem Irren niedergestochen werden, der die Familienehre wiederherstellen will oder so.«

»Du kannst machen, was du willst. Da zollen sie dir im Zweifelsfall noch Respekt für. Wenn überhaupt jemand niedergestochen wird, dann die Frau. Ich habe hier aber ohnehin keine Familie mehr, seit meine Mutter tot ist, so weit geht es mit der Ehre dann selbst bei anatolischen Bauern nicht, das kannste mir ruhig glauben, sonst gäbe es auch ein Blutbad da draußen. Du bist einfach nur offiziell mein Mann, dann sind alle beruhigt, und alles andere ist halt unsere deutsche Lebensführung, da glauben die sowieso alles, und es ist ihnen auch egal.«

Die Sache gefiel mir nicht, aber noch mal umziehen wollte ich deswegen nun auch nicht, außerdem vertraute ich ihr.

Spätestens, als eines Tages ein Onkel Mahmud vor der Tür stand, wuchs mein Unbehagen allerdings wieder erheblich an.

»Sulma ist nicht da«, teilte ich ihm mit und wollte die Tür fast schon wieder schließen, aber er trat trotzdem ein.

»Das weiß ich doch«, teilte er mir zu meiner Überraschung mit, »sie studiert. Ist gutes Mädchen.«

Ich verzichtete lieber darauf, ihm meinen Eindruck von ihrem Studiereifer mitzuteilen, und ich vermutete auch eher, dass sie bei ihrem Freund war, aber das tat hier wohl nichts zur Sache. »Ich wollte ja auch mit dir sprechen.«

»Ach ja? Was gibt es denn?«

»Ich wollte dir nur sagen, dass du jetzt mein Bruder bist.«

»Dein Bruder?«

»Natürlich. Bruder. Du wohnst jetzt mit Sulma zusammen!«

Au weia, dachte ich, musste ich mich jetzt hier als Ehemann ausgeben? Er schien meine Irritation zu bemerken: »Keine Sorge, ich weiß, dass ihr nicht verheiratet seid. Das ist doch nur für die anatolischen Bauern da draußen auf der Seestraße. Ich weiß alles, Sulma vertraut mir. Und ich vertraue dir. Du musst immer gut aufpassen auf Sulma! Du bist jetzt auch ihr Bruder, verstehst du?«

»Äh ... ich dachte, ich bin in erster Linie ihr Mitbewohner.«

»Ja, ihr Bruder, sag ich ja. Und ich bin dein Bruder. Wir sind alle Brüder!«

»Alle? Im Sinne von: Alle Menschen sind Brüder? Na, meinetwegen.«

»Nein, doch nicht die anatolischen Bauern da draußen. Wir! Sulma, du und ich. Und du weißt: Du musst für sie sorgen wie ein Bruder! Du musst für sie da sein wie ein Bruder! Und wenn du ein Problem hast, ist dein Bruder für dich da.«

Ich sah ihn verwirrt an. Wer jetzt? Mir wurde das alles zu viel.

Er nickte zufrieden. »Gut. Ich wollte nur, dass das klar ist.« Dann verabschiedete er sich und ging. Als ich Sulma abends davon erzählte, lachte sie. »Ach ja, Mahmud hat immer noch so einen etwas unangepassten Hang ins Traditionelle, aber der ist schon okay, der ist ganz auf der Höhe.«

Auf jeden Fall nervte er nicht weiter, sodass ich die Sache auf sich beruhen ließ. Selten genug kam mal jemand aus Sulmas Herkunftskulturkreis bei uns vorbei, abgesehen von der Putzfrau natürlich. Und ganz selten eben Onkel Mahmud samt Tante Leila, bei der die Traditionsnähe aber immerhin noch zu einem Kopftuch reichte.

Eines Tages kam Sulma aufgeregt in mein Zimmer: »Los, wir müssen sofort zu Mahmud! Wir müssen ihm helfen!«

»Was ist denn passiert?«

»Na, du weißt doch, dass der säuft.«

Wusste ich nicht. Woher auch. Wenig einfallsreich fragte ich also: »Der säuft?«

»Ja, hast du das nie bemerkt? Na, egal, der säuft jedenfalls. Ganz schön heftig manchmal. Leila hat schon alles Mögliche versucht, aber er fängt immer wieder an. Und jetzt hat sie ihn eingesperrt, damit er aufhört zu trinken.«

»Große Güte. Und was sollen wir da? Sie bändigen? Damit sie ihn wieder rausrückt? Jägermeister schmuggeln? Ich habe eigentlich wenig Lust, mich in deine Familienangelegenheiten einzumischen.«

»Wieso Familie? Ich bin doch gar nicht verwandt mit denen. Das sind einfach Freunde, die kannte meine Mutter noch, und damals habe ich sie eben Tante und Onkel genannt, so was gibt's bei euch ja wohl auch.«

Irgendwie fühlte ich mich ertappt. Also brachen wir auf. Das Problem bestand darin, dass Leila Mahmud im Badezimmer eingeschlossen und vor Wut den Schlüssel aus dem Fenster geworfen hatte, aus dem vierten Stock, irgendwo auf die Koloniestraße. Und jetzt konnte sie ihn dort unten nirgends wiederfinden, und inzwischen war Mahmud längst ausgenüchtert, wurde aber zunehmend ungehalten und drohte, die Tür einzutreten.

Schlüsseldienst war zu teuer, Schlüsseltürke aus dem Umfeld ging nicht, weil das natürlich niemand wissen durfte, dass Leila ihren Mann eingeschlossen hatte – das ging ja gar nicht. Um den Schaden in Grenzen zu halten, bearbeiten wir das Schloss mit der Bohrmaschine, und ich war selbst überrascht, dass wir es aufbekamen. Das heißt, genau genommen: dass Sulma es aufbekam, mit

Leilas Hilfe. Ich war handwerklich noch nie besonders geschickt, ich hatte mich auf Handlangerdienste beschränkt. Schwer zu sagen, was Mahmud am Ende mehr gedemütigt hat: Dass seine eigene Frau ihn eingeschlossen hatte oder dass zwei Frauen ihn befreit hatten, jedenfalls tauchte er ziemlich lange nicht mehr bei uns auf.

Sulma schloss ihr Medizinstudium ab, dann hielt sie nichts mehr in der Seestraße. Schon das AiP, jene seltsame Konstruktion, mit der fertig ausgebildete Ärzte nach absolviertem Studium noch anderthalb Jahre zwangsweise mit Azubi-Löhnen abgespeist werden, verbrachte sie lieber in der Schweiz, wo man dafür ordentlich bezahlt wird. Sie kam nie wieder zurück, sie hat inzwischen längst eine Stelle als leitende Ärztin in einem großen Krankenhaus in Bern. Ihr Name steht noch an meiner Tür, gelegentlich trudelt ein Brief für sie ein, den ich weiterleite, und einmal tauchte Mahmud noch bei mir auf und brachte Börek, das seine Frau selbst gemacht hatte, einfach so, aus Freundlichkeit – das war's. Seitdem beschränkt sich mein Migrationshintergrund im Wesentlichen wieder auf die Dönerläden und Gemüseläden aus der Nachbarschaft und die Jugendgangs, denen ich ausweiche.
Als ich neulich mit Sulma telefonierte, war sie außer sich: Diese Wahnsinnigen würden behaupten, die Deutschen nähmen den Schweizern die Arbeitsplätze weg und würden sich nicht richtig integrieren. Und sollten gefälligst Schweizerdeutsch lernen. Schweizerdeutsch! Wozu, um Himmels Willen? Sie komme auch so bestens zurecht! Ich mache mir ja keine Vorstellungen, wie seltsam die manchmal seien, diese Schweizer, da wolle sie sich wirklich nicht weiter integrieren. Erst recht nicht, wenn sie davon einen wunden Hals bekäme. Sie schimpfte noch eine Weile weiter, dann verabschiedeten wir uns. Nachdenklich legte ich auf.

Meine Wohngemeinschaft

Seltsam, denke ich, während ich versonnen in meiner Müsli-Schüssel herumrühre, die Rosinen sind aber klein. Und seit wann schwimmen die überhaupt in Milch? Na ja, früher war eben alles besser. Selbst die Rosinen. Für solche krumpeligen Dinger hätte man sicher nicht extra eine Luftbrücke einrichten müssen. Da hätten die Berliner den Aliierten aber schön was erzählt: »Ey, was solln ditte, die sind ja voll mickrig, wa, die nehmt ma schön wieder mit nach Westdeutschland, die Dinger, dit wolln wa nich ma jebombt ham, wa!« Ich führe den Löffel zum Mund, um die hässlichen schwarzen Trockenfrüchte einer Geschmacksprobe zu unterziehen. Schmecken irgendwie auch gar nicht richtig nach Rosinen. Schmecken eher – schwer zu sagen. Ich betrachte die Müsli-Packung. Wieso sieht die eigentlich so zerrupft aus?, grübele ich, während ich weiter intensiv kostend die seltsamen Kügelchen mit der Zunge am Gaumendach zerdrücke. Ziemlich zerfleddert sogar, und drumherum liegen auch ganz viele von diesen Mini-Rosinen. Zerfleddert? Eher – angenagt. Angestrengt starre ich auf die schadhafte Schachtel, die kleinen schwarzen Teile daneben, werte wie ein Weintester bedächtig kostend, schmatzend und schmeckend die Signale aus der Mundhöhle aus – och Mönsch, nee. Das sind ja Mäuseküddel!

Jetzt bloß nicht überreagieren. Das ist doch gar nichts Besonderes. Kein Grund zur Panik. Gut, ich habe den Mund halt voll ... voll Mäusescheiße. Na und? Das ist ... das macht doch ... das sind doch auch nur Kohlenstoffketten. Ganz ruhig bleiben. Ganz langsam zum Waschbecken gehen, nicht die Beherrschung verlieren, ganz ... BOAH!

Als ich eine halbe Stunde später aus dem Bad zurückkomme, weil die Zahnpastatube leer ist, beginne ich, schonungslos die Lage zu analysieren. Eine Maus. In meiner Wohnung. Vielleicht sollte ich doch mal aufräumen.

Nach einer Woche ist die Maus immer noch da, trotz regelmäßiger mahnender Ansprachen meinerseits. Genau genommen: Offenbar ist sie inzwischen zu dem Schluss gekommen, dass ich keine ernst zu nehmende Bedrohung für sie darstelle. Davon hat sie dann gleich all ihren Kumpels berichtet, und allmählich beginnt die Sache, mich ernsthaft zu nerven. Völlig schamlos huschen die Viecher durch meine Wohnung, selbst am hellichten Tag. Abends hat mir sogar eine Maus an der großen Zehe herumgeschnuppert, während ich am Schreibtisch saß. Die wissen, dass sie schneller sind, und verhöhnen mich. Außerdem: Selbst wenn ich sie erwischen würde – die Option, sie mit dem Telefonbuch auf dem Teppich zu zerquetschen, behagt mir auch nicht. Ich beschließe, professionelle Hilfe in Anspruch zu nehmen.

In den Geschäften auf der Müllerstraße stoße ich auf mitleidloses Entsetzen: »Mäuse?«, starren mich die Verkäuferinnen im *Karstadt* Leopoldplatz an. Sie scheinen dieses Problem für vollkommen abwegig zu halten, irgendwas von ganz früher, von dem man mal gehört hat, oder was es nur noch in diesen merkwürdigen History-Reality-Shows im Fernsehen gibt, *Das Blockhaus von 1907,* und nach drei Wochen hat der Regisseur noch ein paar Mäuse ausgesetzt, damit es auch richtig authentisch wird. Ebenso gut hätte ich auch in der Apotheke Tabletten gegen Pest verlangen oder sagen können, dass bei mir im Hinterhof Wölfe lauern. Offenbar bin ich der einzige Mensch im Wedding, der Mäuse hat. Das widerspricht allerdings jeder Alltagserfahrung. Na ja, vielleicht bin ich auch nur der Einzige, der Mäuse hat, und keine Ratten. Wahrscheinlich, geht es mir durch den Kopf, bin ich einfach nur der Einzige, der *ein Problem* damit hat, dass er Mäuse hat. Den anderen ist es wahrscheinlich vollkommen egal. Die ganzen Hartz-IVler mögen es bestimmt, wenn sie ein bisschen Gesellschaft haben. Und endlich mal Rosinen im Müsli. Und die anderen legen vermutlich einfach ihre Wumme auf die Viecher an und freuen sich, dass sie jetzt auf bewegliche Ziele schießen können. Da haben sie auch gleich was Sinnvolles zu tun. Das ist ja das ganz große Ding derzeit. Hauptsache, man hat was Sinnvolles zu tun. Dann zündet man auch keine Autos an. Im Fernsehen gibt es jetzt regelmäßig tolle Reportagen über junge Menschen in der Großstadt, die einmal in der Woche irgendwo Fußball spielen, was sie offenbar so erschöpft, dass sie den Rest der Woche zu schwach sind, irgendwo rumzuzünden. Vor lauter Muskelkater können die bestimmt auch gar nicht ordentlich vor der Polizei weglaufen und bleiben dann nachts lieber zu Hause. Deswegen fordert jede dieser Reportagen mehr Fußball, mehr Tanzen, mehr Rappen, egal, Hauptsache, man hat was Sinnvolles zu tun. Und dass dann der nächste telegene Schritt direkt zu uns führt, war mir sofort klar. Wenn es irgendwo in Europa Unruhen gibt, in die auch nur ein Migrant verwickelt ist, beispielsweise die immer mal wieder aufflackernden Krawalle in den Vorstädten von Paris oder Rotterdam, dann tauchen sie sofort hier auf. Schön, da braucht man gar nicht bis zum nächsten Berlin-*Tatort* zu warten, um mal wieder was von der Stadt zu sehen. Ich gehe dann gerne rüber zum *Arabischen Club*: »Leute, macht die Nachrichten an, wir kommen heute im Fernsehen!« Erwartungsvoll scharen wir uns um den Apparat, dafür wird sogar *Al-Dschasira* unterbrochen. Fieberhaft warten wir auf *heute*. »Brennende Autos in Paris – kann das nicht auch bei uns passieren?«, fragt Steffen Seibert und guckt sehr sorgenvoll, »auch bei uns gibt es schließlich problematische Viertel, wo Menschen ohne

Perspektive ...« Bingo! Wusst' ich's doch. Ich setze auf Leopoldplatz, Tariq auf den Soldiner Kiez. »Hugo Balderwin mit einer Reportage aus Berlin-Kreuzberg.« Was für eine Enttäuschung. Von den Gästen ist ein unzufriedenes Knurren zu hören. Wir warten auf die *Tagesschau*. Diesmal ist es Neukölln. Pfiffe im Lokal. Verärgert gehen wir nach Hause.

Am nächsten Abend haben wir mehr Glück. Gleich als zweiter Bericht in *heute*: der Wedding – endlich! Beifall brandet auf im Innenhof. »Erwin, kiek ma, wir sind inner Glotze!«, höre ich Frau Kaloppke noch durchs Fenster nach ihrem Mann rufen. Tanzende türkische Jugendliche am Nauener Platz. In akzentfreiem Deutsch sagen sie in die Kamera Sachen wie: »Wenn ich mich nach der Schule mal so richtig gestresst fühle, dann komme ich hierher und tanze. Das ist gut gegen meine Aggressionen und verhindert sozial geächtete Übersprungshandlungen. Danach bin ich dann wieder sehr ausgeglichen.« Schnitt. Ein paar Häuserfronten aus der Seestraße, und der Sprecher raunt: »Auch hier brodelt die gefährliche Mischung aus Perspektivlosigkeit, fehlenden Jobs und mangelnder Integration. Doch wenigstens solche Projekte geben den Jugendlichen eine sinnvolle Beschäftigung.«

Apropos sinnvolle Beschäftigung, da läuft schon wieder so eine Maus mitten durch das Zimmer. Verdammt. Auf jeden Fall scheint der Weddinger sein Mäuse-Problem selbstständig zu lösen, ohne dafür Geld auszugeben. In keinem einzigen Geschäft gibt es Mausefallen zu kaufen. Ich muss tatsächlich bis zu einem Baumarkt nach Reinickendorf fahren, um endlich Hilfe zu finden. Man bietet mir verschiedene Sorten Gift an. Die Variante gefällt mir allerdings auch nicht so recht. Wenn ein Dutzend Mäuse – auf diese Zahl schätze ich meine Population inzwischen – sich nach dem Genuss der Köder hinter irgendwelche Schränke zurückzieht, um sich würdevoll dort hinzusetzen, eine letzte Zigarette anzuzünden und zu sterben wie eine Maus – das riecht doch sicher. Andererseits bietet der Baumarkt praktischerweise auch gleich ein größeres Repertoire gegen Fliegen an. Trotzdem: lieber nicht. Bleibt also die Mausefalle, in den Varianten archaisch mit Genickschlagbügel und modern-tierfreundlich mit niedlichem kleinen Käfig. Ich entschließe mich zur gutherzigen Variante. Sind ja irgendwie auch süß.

Zu Hause gelingt es mir tatsächlich, die Dinger mit Käse zu bestücken. Ein bisschen skeptisch bin ich ja schon. Sieht irgendwie etwas albern aus, dieser kleine Drahtkäfig. Und da sollen die freiwillig reinklettern? Am nächsten Morgen stelle ich fest, dass die Mäuse offenbar nicht die geringsten Bedenken haben, in diese kleinen Drahtkäfige hineinzuklettern. Völlig zu Recht zudem. Alle Köder sind ratzekahl weggefressen, trotzdem ist keine einzige Falle zugeschnappt. Aber nach einigen Tagen habe ich wertvolle mammologisch-oekotrophologische Ergebnisse gewinnen können: Speck und Erdnussbutter mögen sie gern. Auch Shoarma, Pita und Köfte werden anstandslos verschlungen. Lachsfleisch dagegen wird verschmäht. Finde am nächsten Morgen kleine Protestnoten in den Drahtkörbchen.

Na gut. Ihr habt es nicht anders gewollt, niedlich hin oder her. Jetzt geht's ans Eingemachte. Beziehungsweise an die Eingeweide. Ich hole ein ganzes Set klassischer Mausefallen. Ich erinnere mich noch an alte Donald-Duck-Comics, wo einer der Running Gags war, dass Donald ständig die zuschnappenden Dinger an den Fingern hatte. Ich bin also gewarnt. Ich fluche, als ich gleich die erste Falle am Daumen hängen habe. Okay, die funktionieren also wirklich. Die Mäuse gucken misstrauisch vom Boden zu mir hoch. Als ich am Kühlschrank stehe, um die Köder rauszuholen, und dabei versehentlich das Päckchen mit dem Lachsfleisch in der Hand habe, höre ich Pfiffe und Pfui-Rufe von unten.

Zehn Stück stelle ich auf, sicher ist sicher. Zufrieden lege ich mich ins Bett, stecke mir Ohropax in die Gehörgänge, um nicht nachts vom beständigen Zuknallen der

Fallen und den Todesschreien der Mäuse geweckt zu werden, und richte mich darauf ein, am nächsten Morgen die kleinen Kadaver einzusammeln. Lege mir schon mal die Nummer von der Tierkörperverwertungsanstalt auf den Nachttisch.

Stattdessen kann ich am nächsten Morgen zehn Fallen neu mit Ködern bestücken. Keine einzige ist zugeschnappt. Aber sobald ich eine auch nur vorsichtig anticke, geht sie in die Luft wie eine Fliegerbombe aus dem Zweiten Weltkrieg. Keine Ahnung, wie die Viecher das machen. Wahrscheinlich ein Evolutionssprung. Bin ein bisschen stolz auf meine Kleinen und kaufe für die nächste Bestückung extra den guten Cheddar-Käse, zur Belohnung. Auch nach Tagen ist immer noch keine einzige Maus in die Falle gegangen. Eines Morgens finde ich lediglich eine Leiche kurz *vor* der Falle. Ihr Fell ist ganz schütter und schlohweiß, sie hat einen großen Buckel, und ihre Pfötchen sind von dicken Gichtknoten gezeichnet. Keine Frage, sie hat es nicht mehr bis zur Falle geschafft. Kurz vor dem Ziel an Altersschwäche gestorben. Ich gebe auf. Ich sammele die Fallen wieder ein und füge mich in mein Schicksal. So machen die anderen Weddinger das also, denke ich. Was soll's. Sind ja nur ganz kleine Küddel. Und die paar Lebensmittel kann ich auch problemlos im Kühlschrank lagern.

Nach ein paar Tagen stelle ich erstaunt fest, dass die Mäuse verschwunden sind. Alle weg. Spurlos. Ich habe keine Ahnung, warum. Vielleicht macht es ihnen einfach keinen Spaß mehr, jetzt, wo ich sie nicht mehr jage. Das ist keine Herausforderung mehr für sie. Bedrückt sitze ich allein an meinem Küchentisch. Es ist still in meiner Wohnung. Ich fühle mich verlassen. Ich bin sehr einsam.

Haus Bottrop

Wenn man lange genug im Wedding wohnt, kennt man eigentlich die Regeln. Lungernde migrationshintergründische Jugendliche zum Beispiel – bei Sichtung weiträumig umschiffen, also Straßenseite wechseln, oder halt Dialog der Kulturen, wenn man gerade Zeit und Nerven für so was hat.

So gesehen ist es ein dummer Fehler von mir, als ich an einem Samstagabend auf dem Weg zu einem *Haus Bottrop* mache, für einen kleinen Benefiz-Auftritt zu Gunsten politischer Kiezaktivisten. So etwas mache ich gelegentlich, wenn mir die Leute sympathisch sind.

Eher teilautistisch gehe ich also erst über den »harten Beton des U-Bahnhofs Wedding« (*Der Spiegel*) über die Schönwalder Straße durch »eines der härtesten Krisengebiete unseres Landes« (*Der Spiegel*) und bemerke sie zu spät, die »Kids« (*Der Spiegel*). Sie gehen zu langsam, sodass selbst ich nicht umhin komme, sie zu überholen, was natürlich, das ist mir klar, unweigerlich Interaktion zur Folge haben wird. Egal, zu spät, so bleibt man wenigstens im Gespräch mit der Jugend. Alles verläuft erwartungsgemäß. Ich drücke mich vorbei an den Dreien, die vielleicht so um die 18 Jahre alt sind, unmotiviert über den Bürgersteig schlurfen und also offenkundig nichts mit dem Abend anzufangen wissen, derweil irgendwelches bushidoeskes Zeug aus ihrem Handy dröhnt. Der Erste, wohl der Boss des Trios, tänzelt mit irgendwelchen Hiphop-Bewegungen prompt neben mir her. Ich seufze unmerklich. Wir sind auf Höhe Schönwalder 31, das

Haus Bottrop trägt die Nr. 4 – Mist. Das wird anstrengend. Zunächst reagiere ich, wie man es im Grundkurs »Berlin für Zugezogene« lernt: freundliches Ignorieren. Also nicht zu böse gucken, aber eben auch nicht drauf einsteigen, einfach weitergehen. Bis Nr. 29 greift die Strategie, dann hat der Bengel genug von seinen etwas kurios anmutenden Antanz-Versuchen mit den leicht gestört wirkenden zuckenden Arm- und Handbewegungen und eröffnet das, nun ja, nennen wir es halt: Gespräch. Zunächst die üblichen Versatzstücke über meine Figur, wobei ich »Moby Dick« sogar ganz originell finde. Offenbar habe ich es mit intellektuellen Ghetto-Bewohnern zu tun. Überhaupt wirkt der Junge nicht direkt unfreundlich, sein Grinsen hat etwas schwer auslotbares Dauerironisch-Spöttisches, nichts Aggressives.

»Moby Dick!«, ruft er zum wiederholten Mal. Nr. 25.

»Ja, Queequeg«, antworte ich, aber ganz so weit her ist es dann wohl doch nicht mit seiner Literaturkenntnis, er schaut kurz verständnislos, dann fährt er fort.

»Moby Dick!« Nr. 23. Ich gehe weiter.

»Ey, wir sind voll die Ghetto-Kids!«, stellt er sich und seine Freunde nun erst einmal vor – immerhin höflich also, die jungen Herren.

»Ja, klar, seh ich doch«, erwidere ich.

»Ey, voll die Ghetto-Kids! Voll perspektivlos, weißtu?« Er grinst wieder ironisch unter seinem weißen Baseball-Cap.

»Ja sicher. Schön.«

»Ey, nix schön! Voll das Ghetto!«

»Ja, ich weiß. Ich wohne hier auch.«

»Hier? Aber ich hab dich noch nie gesehen hier!«

»Ja, nicht direkt hier. Mehr so Müller/Ecke See.«

»Müller/Ecke See? Ey, das ist doch anders. Krasse Spießergegend. *Hier* ist voll das Ghetto!« Anklagend zeigt er auf die Nr. 19, ein eher unauffälliges Durchschnittshaus.

»Ja gut«, gebe ich mich kompromissbereit.

Er grinst weiter: »Ey, das ist ein Überfall.«
»Ja sicher«, sage ich und gehe weiter.
»Ey, das ist ein Überfall, weißtu? Wir sind voll die krassen Ghetto-Kids, und das hier ist ein verfickter Überfall. Gibstu jetzt Portmonee und Handy!« Er grinst weiter freundlich.

Nr. 15, die Sache wird mir allmählich unheimlich. Einerseits: Die Jungs sehen definitiv nicht so aus, als wäre die Situation irgendwie bedenklich. Der Anführer guckt freundlich-ironisch, die anderen beiden gehen eher versetzt hinter mir. Der Zweite versucht, so cool wie möglich zu wirken, was offenkundig seine gesamte Konzentration in Anspruch nimmt, dem Dritten dagegen scheint die Sache eher peinlich zu sein, was er durch gelegentliche Grunzlaute zu kompensieren sucht. Zusammengefasst sehen sie also nicht gerade furchteinflößend aus. Einerseits. Und andererseits steht es einem dann doch plötzlich vor Augen, das Bild vom Wedding-Adoleszenten »südländischen Aussehens« aus der *B.Z.* und dem *Spiegel*. Klar, jahrelang habe ich mich lustig gemacht über die Ghetto-Panikmache, über die Katastrophengebietskarikaturen der Medien, über das Gerede vom gefährlichen Wedding. Und nun stehen drei dieser Abziehbilder plötzlich vor mir und legen noch eins drauf:

»Ey, wir sind bewaffnet, Mann!«

Tja. Das sieht aber gar nicht danach aus. Andererseits, wer weiß schon, was die unter ihren merkwürdig aufgeplusterten Jacken immer so tragen.

»Ey, gibstu jetzt Portmonee!« Klar in der Sache, aber immer noch nicht unfreundlich im Tonfall. Entweder habe ich hier die höflichsten kriminellen Homies des Kiezes Reinickendorfer Straße vor mir, oder eben einfach gelangweilte migrationshintergründische Jugendliche, die genau wissen, was in den Medien so über gelangweilte migrationshintergründische Jugendliche steht und was demnach Leute wie ich sofort für Bilder über gelangweilte migrationshintergründische Jugendliche im Kopf haben, und mein Gesprächspartner will nur mal die Klischees ein bisschen tanzen lassen, sozusagen eine Art Meta-Pöbeln. Aber was, wenn die es tatsächlich ernst meinen? Nr. 12.

»Ey, glaubstu nicht, aber das ist ein Überfall. Gibstu jetzt Handy und Portmonee!«

»Ich habe überhaupt kein Handy.«

Das verwirrt ihn einen kurzen Moment, man sieht deutlich, dass diese Möglichkeit in seiner Vorstellungswelt gar nicht vorkommt.

»Wie? Hastu vergessen, oder was? Hastu Handy vergessen?«

»Nee, ich hab einfach keins.«

»Kein Handy?« Er ist kurz fassungslos, fängt sich aber schnell wieder.

»Tja, Pech, kannstu nicht mal Polizei rufen nach Überfall gleich.«

Punkt für ihn.

»So, komm, gibstu jetzt Portmonee.«

Jetzt kommt die blöde Panke, die irgendwelche irren Stadtplaner hier nicht unter die Erde verlegt, sondern mit so einem bekloppten Naherholungsgrünstreifen umsäumt haben, ein paar Meter nur, aber eben ein paar Meter, wo man jemand schön ins dunkle Gebüsch zerren könnte, von der Straße weg, was ein Überfallszenario doch erheblich realistischer erscheinen lässt, verdammt, hat er das etwa mit einberechnet?

»So, und jetzt Portmonee.«

Die bekloppten Stadtplaner haben genau bei der Panke-Brücke samt Grünstreifen auf jede Straßenbeleuchtung verzichtet, sehr pfiffig. Wahrscheinlich haben sie gedacht, dass nachts eh keiner mehr am Fluss entlang läuft, wozu dann also Licht. Oder das ist irgendeine irre Naturschutzmaßnahme, damit die Fische nicht geblendet werden. Oder die Schildkröten nicht abgelenkt, wenn sie zur Eiablage an den Pankestrand kriechen. Wie dem auch sei, die Straße wird merklich dunkler, und gleich wirken die

Jungmänner einen Zacken bedrohlicher. Niemand sonst ist zu sehen. Auf der anderen Seite leuchten die Wohnsilos, eines davon muss die Nr. 4 sein – verdammt, die meinen das doch nicht etwa ernst? Und überfallen mich hier gerade? Mich!?!

Ich merke, dass ich die bloße Möglichkeit, *ich* könnte überfallen werden, hier, mitten im Wedding, als persönliche Beleidigung empfinde. Das können die doch nicht machen!

»Hört mal zu, Jungs«, der Fluss ist überquert, wir bewegen uns auf dem jenseitigen Grünstreifen auf die nächste Laterne zu, »ich soll hier bloß ein paar Geschichten vorlesen, das ist alles, ein paar Geschichten, hört ihr?«

Mein Gegenüber ist erneut offenkundig irritiert, mit dieser Ansage kann er erkennbar nichts anfangen. Daher ergänze ich: »Auf so einer Feier. Von irgendwelchen Leuten, die hier im Kiez was politisch machen, versteht ihr?«

»Politik? Achtu Scheiße. Bistu CDU, oder was?«

»Seh ich so aus?«

»Keine Ahnung«, er mustert mich eindringlich, »nee, du siehst einfach nur scheiße aus.«

Jetzt werde ich doch langsam unwirsch. »Hör mal ...«, hebe ich an.

»Schon gut, ich mein nur, ey, guck mal: Deine Hose, deine Jacke, was ist denn das für ein Outfit? Das ist doch voll kein Styling! Das sieht doch krass scheiße aus! So kannstu nicht auf 'ne Feier gehen.« Das hätte meine Mutter ganz ähnlich formuliert. Jetzt bin kurz ich etwas fassungslos.

»Politik!«, sagt jetzt verächtlich der schweigsame Coole, sein erster Beitrag zu unserer langsam etwas ausufernden Konversation, »da gibt's doch keine geilen Weiber!«

»Nee, wahrscheinlich nicht«, pflichte ich ihm leicht resignierend bei.

»Bistu schwul, oder was?«, sagt der Anführer und setzt sofort nach: »Ey, das ist doch voll eklig, wenn Männer so an sich rummachen!« Er weiß, was von ihm als korrekten Migranten erwartet wird, er grinst genau so, dass man sieht, dass er das weiß, und ich weiß doch nicht, was er will. Außer womöglich Geld, aber selbst das weiß ich ja nicht sicher, jedenfalls aber wird er nun etwas redundant: »Gibstu jetzt Portmonee«.

Wir haben den Pankestreifen inzwischen passiert, auf der anderen Straßenseite leuchtet die Nr. 5, ein 70er-Jahre-Betonwohnsilo, ich zeige rüber und sage, dass ich da irgendwo hin muss, zur Nr. 4.

»Das ist dahinter«, sagt mein Gesprächspartner, »komm, wir zeigen's dir.« Sie deuten auf einen kleinen, schmalen eher dunklen Gang. Verdammt, ist das jetzt eine Falle? Aber langsam ist mir alles egal. Ich komme mit. Wir laufen an dem Mietshaus vorbei, dahinter taucht tatsächlich die Nr. 4 auf, *Haus Bottrop* steht in großen bunten Buchstaben an die Wand gemalt, davor stehen einige Menschen, es ist geschafft.

Meine drei Begleiter gackern laut auf und verabschieden sie sich artig – per Handschlag. Dann verschwinden sie im Durchgang zwischen zwei weiteren Betonwohnsilos. Verwirrt betrete ich Haus Bottrop.

Entfesselte Leidenschaft

Es gibt ja so Abende, da läuft's einfach. Ich weiß nicht, was sie an mir gefunden hatte, und ehrlich gesagt war mir auch nicht ganz klar, was ich an ihr und wie wir uns gefunden hatten, aber jetzt war es halt so, wir saßen im Taxi, und da der Wedding erheblicher näher an eben jenem seltsamen Kleinkunstclubkeller als Karlshorst lag, waren wir nun also auf dem Weg zu mir. Eigentlich habe ich in solchen Situationen immer Wert darauf gelegt, genau das zu vermeiden, denn meine Wohnung ist, nun ja, nicht wirklich, sagen wir: affärenkompatibel. Bei echten Liebschaften – kein Problem. Im Gegenteil: Ein zuverlässiger Indikator, ob es lohnen könnte, sich überhaupt näher auf eine Frau einzulassen, war eigentlich immer ihre Reaktion auf meine Wohnung.

Wer da schon komisch guckte, irgendwas murmelte in Richtung »hier müsste man aber mal richtig durchputzen« oder gar ein wenig quiekte, wenn sie auf meine Leguane stieß, die ich in durchaus ansehnlicher Zahl dort pflege, konnte zuverlässig als untauglich sofort wieder entsorgt werden. Wie überhaupt mal eine Wahrheit festgehalten werden muss: Frauen, die sich vor Kriech- und Krabbeltieren ekeln, sind schlecht im Bett. So. Sagt ja sonst keiner, wenn ich es nicht tue.

Apropos Bett, dann mal weiter in eben dieser Geschichte. Die Ausgangslage war also klar, Karlshorst wirklich indiskutabel, und an den Echsen konnte ich sie leicht vorbeischleusen. Diese Bekanntschaft hatte ohnehin längst einen Stand erreicht, der ausschloss, dass wir zunächst eine Wohnungsbesichtigung durchführen mussten. Denn wenn schon in der Kneipe die Knutscherei mit eifrig unter den Textilien grabbelnden Händen endet, ist der Weg nach der Ankunft doch vorbestimmt. Vermutlich gibt es eine Art DIN für diese Fälle. Wohnungstür aufschließen, noch beim Zudrücken wildes Küssen, und mindestens ein paar Kleidungsstücke müssen bereits hier ungeordnet zu Fall gebracht werden, sonst gilt es nicht. Wir beschränkten uns auf die Jacken, ihren Pullover und meinen Gürtel, dann quiekte sie plötzlich auf, und zwar genau so, als hätte eine doofe Frau einen meiner Leguane gesehen. Ich kenne die diversen Varianten des doofe-Frau-sieht-tolles-Tier-Quieken ziemlich gut. Ich hoffte inständig, dass mir keiner meiner Pfleglinge am Nachmittag bei der Fütterung entwischt war und jetzt auf ein spontanes Sonnenbad unter der gerade aufgegangenen Lampe im Flur hoffte. Ich ließ also von ihr, guckte prüfend, was los sein könnte, da quiekte sie noch mal und deutete auf etwas sehr Kleines, Flatterndes, ah, jetzt konnte ich es erkennen – eine Motte. Eine Motte! Sie quiekt wegen einer Motte. Damit war ja immerhin schon mal geklärt, dass dies hier maximal ein One-Night-Stand würde, vielleicht reichten ja auch ein paar Stunden, machte ich mir Mut, die S-Bahnen nach Karlshorst fahren ja schließlich die ganze Nacht. »Ih, eine Motte!«, unterstrich sie ihre Disqualifizierung.

Nun ist es ja so: Motten sind mir schnurz. Ich meine, es ist schön, dass es sie gibt, aber ich habe kein besonderes Interesse an ihnen. Und Kleidermotten finde ich lästig. Aber auch nicht so lästig, dass ich großen Ehrgeiz aufbringe, sie loszuwerden, was zu einer recht stabilen Kleidermottenpopulation in meiner Wohnung geführt hat. Nun trage ich eigentlich gar keine Kleidung, die für Kleidermotten von Interesse sein könnte, die haben ja doch einen recht speziellen Geschmack. Woher die gerade recht florierende Population also ihre Nahrungsgrundlage bezog, war mir völlig unklar, aber auch gleichgültig. Sie flatterten halt nachts hier und dort rum, und ich machte *schnapp* mit der Faust, wenn mir eine zu nahe kam – mehr hatten wir nicht miteinander zu tun, die Motten und ich. Dementsprechend machte ich auch jetzt *schnapp*, und das Mottenproblem war gelöst. Und die Karlshorsterin ließ im nächsten Moment ihren BH von sich abtropfen. Die Sache hatte also keine negativen Auswirkungen auf die weitere Abendgestaltung. Ich war zufrieden. Allerdings leitete ich sie jetzt doch schnurstracks ins Schlafzimmer, um ein Zusammentreffen mit weiteren Tieren sicher zu vermeiden.

Dort angekommen, zog sie sich zu meiner Überraschung umstandslos komplett aus. Damit hatte ich nun nicht gerechnet. Also, im Ergebnis schon, aber die DIN-Vorschriften für solche Nächte verlangen ja doch eher nach gegenseitigem Entkleiden während leidenschaftlichem oder zumindest leidenschaftlich gespieltem Geknutsche, einfaches Ausziehen ist ja eher was für fest Liierte, die keine Zeit mehr mit sinnlosem Drumrum verlieren wollen, weil sie danach noch die Spülmaschine ausräumen müssen. Darum ging es aber nicht, wie sich im nächsten Moment zeigte. Sie forderte mich auf: »Los! Verbind' mir die Augen!«

Also – so schlimm sah es nun auch wieder nicht aus. Aber ehe ich weiter darüber nachdenken konnte, präzisierte sie: »Los! Verbind mir die Augen und fessle mich!« Hupps. Na, das ging ja ordentlich zur Sache hier. Das steht aber nicht in der Erste-Nacht-Verordnung. Aber andererseits, hey – das hier ist Berlin, da hat man nicht einfach nur Sex, wenn man abends mal wen abschleppt, wir sind hier ja schließlich nicht in Braunschweig oder Heidelberg oder Stuttgart, nein, hier ist Szene, hier ist hip, hier ist postmodern, hier ist halt Fesseln und Augenverbinden zum Kennenlernen. Also gut, meinetwegen. Ich hatte vorhin schließlich schon irgendwelche merkwürdigen In-Cocktails getrunken, da konnte ich jetzt auch gleich so weitermachen.

Einzig: womit die Augen verbinden? Woran fesseln? Ich wollte nun auch nicht zu mauerblümchenmäßig dastehen, also klar, Fesseln, wo habe ich sie nur gleich hingeräumt, die Fesseln, ähm – da! In einer Ecke auf einem kleinen Wäschehäufchen lag noch dieser Schal, den meine Mutter mir zu Weihnachten gestrickt hatte. Den schon mal fix über die Augen gebunden, dann konnte ich mich immer noch in Ruhe nach Fesseln umsehen. Ohne zu zögern schnappte ich mir also den Schal, nahm die mir hier ja offenkundig zugedachte Rolle als dominanter Kerl an, presste das Teil vor ihr Gesicht, zog kräftig an und machte zwei feste Knoten. Sie stöhnte lustvoll auf dabei. Oha. Na, das konnte ja heiter werden. So, sie jetzt erst mal aufs Bett gestoßen, ein bisschen ruppiger als nötig, sie stöhnte erneut, dann hauchte sie: »Fessle mich! Los, bitte, fessle mich!« Aber womit denn, verdammt, womit bloß? »Ruhe!«, herrschte ich sie an und traf damit offenbar genau den Ton, der hier erwartet wurde, sie wand sich vor Wonne, während ich mich fieberhaft umsah. Na ja, nicht besonders erotisch, aber was soll's, sie sah es ja nicht, also nahm ich ein paar dieser komischen karierten Spültücher, das würde schon gehen. Die Dinger fix um ihre Handgelenke gebunden, dann um den Rahmen vom Lattenrost, na also.

So lag sie nun da, in doch recht eindeutiger Pose, die sie durch ihre Beinpositionierung noch unterstrich, wand sich weiter dabei und hauchte: »Fick mich! Los, fick mich!« Also, ich weiß ja nicht. Das ist nun wirklich eher nicht so mein Stil. Kurz überlegte ich, ob ich sie nicht auch gleich knebeln sollte, ganz oder gar nicht, könnte ich dann sagen. Aber Knutschen tät's vielleicht ja auch, also los.

Es ging nun also recht schnell seinen vorgezeichneten Gang, viele Möglichkeiten gibt es ohnehin nicht, zwei Körper sinnvoll auf einem Bett anzuordnen, von denen einer gefesselt auf dem Rücken und der andere nur mäßig gelenkig ist, wenn man dabei auch noch die Münder aufeinander pressen muss. Und wenn man einmal damit angefangen hat, macht es ja eigentlich meistens auch Spaß.

Wir waren also schon recht kräftig dabei, als mir plötzlich über all das Gekeuche und Geruckel eine sonderbare Bewegung aus den Augenwinkeln auffiel. Was war das denn? Einen Moment brauchte ich, um mich zu orientieren – sie interpretierte mein plötzliches Innehalten wohl als besonderen liebhaberischen Kniff und *ohmm*te ein wenig genießerisch – da, tatsächlich, da bewegte sich etwas. Und zwar irritierenderweise kurz vor ihrer Stirn, auf ihren Augen sozusagen, zweifelsfrei – eine Made, die sich in erhöhtem Madentempo vom geschätzten unteren Augenlid Richtung Nasenwurzel bewegte und unweigerlich auf die nicht textilbedeckte Stirn zusteuerte. Einen kurzen Moment war ich wie gelähmt, dann schossen mir blitzschnell einige ungeordnete Gedankenfetzen durch den Kopf, etwa so: ach du Scheiße – was ist das denn? – oh, oh, das geht bestimmt nicht gut – wenn sie schon bei einer Motte – und jetzt eine Made – sie darf auf keinen Fall was merken – verdammt ...

Ihr *Ohmm*sen wurde schon etwas ungeduldiger, also bewegte ich mich ein bisschen, sie stöhnte auf, gut, jetzt konnte ich erst mal wieder innehalten und weiter nachdenken. Aber – au weia, ohne Frage: Eine zweite Made krabbelte in Höhe ihrer rechten Schläfe und steuerte direkt auf die Haare zu. Was um Himmels Willen ... – plötzlich wurde es mir schlagartig klar: Das sind keine Maden, das sind Raupen. Mottenbabys! Der Wollschal – da also war die Wiege meiner Kleidermottenpopulation. Mensch, da hätte ich ja auch wirklich schon mal eher drauf kommen können. Guck mal, da haben wir ein praktisches Problem schon wieder gelöst. Da musste ich ja nur den ollen Schal wegwerfen, und schon wäre ich die Plagegeister los. Einerseits. Andererseits hielt meine Freude über diesen kleinen Teilerfolg auf dem immerwährenden Hindernislauf des Lebens sich doch arg in Grenzen, denn ein anderes Problem war dadurch ganz offenkundig gerade erst entstanden: Wie kam ich schadlos aus dieser Geschichte hier wieder heraus? Zumal Raupe Nr. 1 jetzt kurz vor ihrer Stirnpartie angekommen war, nicht auszudenken, wenn sie bemerken würde, dass das Tierchen dort anlandete. Es wirkte ziemlich hektisch, das kleine Kerlchen, in der ganz typischen Raupenmanier, bei der man diese kleine Welle durch den winzigen Körper laufen sieht, es hatte ein kleines, dunkel abgesetztes Köpfchen – ganz niedlich, eigentlich. Vielleicht noch 3 cm. Ich konnte sie ja schlecht mit dem Finger wegschnipsen, das wäre dann doch eine Änderung der Bewegungsabläufe, die eher nicht mehr als kamasutrische Finesse durchginge, 2 cm noch, einer, gleich würde sie die offene Stirn betreten. Hör auf, Raupe, komm zurück, jetzt – verdammt. Es gab nur eine Möglichkeit. Die Raupe war unmittelbar vor der Stirn, da schnappten meine Lippen zu. Insekten sollen ja gesund sein. Oh, da war schon der nächste Kriseneinsatz nötig, Raupe Nr. 2 schickte sich an, das unter dem Schal lugende Ohrläppchen zu betreten, da half nur die Zunge. Wie ein Chamäleon, dass seine Beuteinsekten mit dieser langen Klebezunge abschießt, hinderte ich die Raupe an ihrem finalen Fehltritt, bugsierte sie direkt zu ihrem Kumpel in meinem Magen und bohrte zur Gesichtswahrung schnell noch meine Zunge in ihr Ohr, was sie mit einem leidenschaftlichen Seufzer quittierte – Glück gehabt, das kommt ja mal so und mal so an. Als ich damit fertig war und also dachte, dass es nun endlich ungestört weiter gehen könne, fielen mir Nr. 3 und 4 auf. Die eine hatte es in die Haare geschafft, die andere krabbelte bereits auf ihrem Kinn herum und war zum Glück offenbar noch nicht aufgefallen, die ganze Sache weitete sich zusehends in so eine Ableck-Nummer aus, ich schleckte und schnappte an allen Ecken und Enden, verdammt, wie viele von diesen Drecksviechern hatten sich denn da eingenistet?

Irgendwie musste ich die Sache jetzt allmählich mal zu Ende bringen, ich beschleunigte also auf allen Fronten.

Sie schien meine zunehmend panisch-unkoordinierten Körperbewegungen als blanke Ekstase misszuverstehen und kam mit einem lauten Schrei. Dabei zuckte sie mit dem Kopf nach oben, verdammt, jetzt sah ich, dass unter ihrem Kopf bestimmt ein Dutzend Raupen aufgeschreckt in alle Richtungen stob. Ich simulierte einen Orgasmus, als würde ich mich als Schauspieler in einem extrem schlechten Pornofilmchen verdingen, mit viel Gezucke, Geröchel und Gegrabbel, vor allem an, um und unter ihrem Kopf, wobei mein einziges Interesse darin bestand, die blöden Raupen von der Matratze zu fegen. Gut, jetzt war keine mehr zu sehen. Mit einem forschen Handgriff streifte ich noch den Schal ab und pfefferte ihn in die entgegengelegendste Ecke des Zimmers – uff, geschafft.

Erleichtert, gelöst und erschöpft, wie selbst der beste echte Orgasmus es nicht hätte bewirken können, sank ich neben ihr nieder, löste ihre Fesseln und atmete tief durch. So lagen wir beide postkoital schweigend nebeneinander, aber dachten vermutlich sehr unterschiedliche Dinge.

Tage im Februar

Es klingelte, an einem Samstagmorgen um 10.30 Uhr. Aus dem Durchgang des Vorderhauses torkelte Backen, der ein paar Straßen weiter wohnt. Er zog einen großen Rollkoffer hinter sich her, sodass der gesamte Hof davon widerhallte. Die Last schien ihm arg zuzusetzen, er schlingerte und kämpfte sich durch den Hinterhof. Ich war erstaunt. Normalerweise pflegte er jeden seiner Besuche durch ein wahres Dauerfeuer von Handy-Telefonaten anzukündigen, einmal ganz normal ein paar Tage vorher, dann einen Tag später, ob die Verabredung auch wirklich fest sei, es könnte ja sein, dass mir in der Zwischenzeit eingefallen wäre, dass ich da doch etwas anderes vorhätte, dann in steigender Frequenz vor dem Termin, um auch wirklich alles noch mal abzusichern, zum Schluss, um die genaueren Umstände des Aufbruchs in seiner Wohnung, des vorher zu erledigenden Einkaufs und des U-Bahn-Taktes zu erörtern. Man hatte den Eindruck, Backen müsse sich durch dauerndes Telefonieren seiner eigenen Existenz ständig versichern. Und am Ende gibt es eine fünfzigprozentige Chance, dass er dann tatsächlich kommt und nicht doch anruft, um mitzuteilen, ihm sei in der U-Bahn noch etwas Wichtiges eingefallen, das er dringend noch erledigen müsse.

Sein unangemeldeter Besuch war also höchst ungewöhnlich. Bei näherer Betrachtung auch sein Auftreten, denn abgesehen davon, dass er im T-Shirt durch den Schnee stapfte, war er, wie mir nun klar wurde, als er den Flur des Hinterhauses betrat, vollkommen betrunken.

»Backen, meine Güte, was ist denn passiert?«, fragte ich ihn verblüfft zur Begrüßung.

»Ach, ich habe kein Handy!«, informierte er mich über den Super-GAU. Ich ahnte, dass wir es hier mit einer echten Krise zu tun hatten.

»Wie konnte das passieren?«, fragte ich in ehrlichem Erstaunen.

»Weg! Einfach weg! Verbrannt!«

»Verbrannt?«

»Ja, ist total verschmort, ist total Schrott, wir müssen gleich los, ein Neues kaufen!«

»Wir? Und wozu brauchst du diesen riesigen Koffer? Und warum rennst du mitten im Winter im T-Shirt durch die Gegend?«

Er sah mich irritiert an: »Mein Gott, ich habe kein Handy mehr!« Als ließe das noch Fragen offen.

»Backen, ich weiß, das ist furchtbar, aber das allein erklärt doch nicht alles. Wozu der Koffer? Warum bist du halbnackt?«

»Der Koffer?« Er staunte. Dann drehte er sich um, betrachtete nachdenklich den monströsen Hartschalenkoffer, der ihm fast bis zur Brust reichte, dann schien es ihm wieder einzufallen: »Ach, der Koffer. Ja! Ich müsste mal eine Weile bei dir wohnen.«

Jetzt sah ich ihn irritiert an. Das war sogar für Backens immer etwas sprunghafte Art ungewöhnlich.

»Äh, ja, na klar, aber um Himmels Willen: warum? Du wohnst doch gleich um die Ecke?«

»Ja, aber ich habe meine Bude Freitagnacht abgebrannt.«

»Was? Wieso das denn?«

»Brauchte mal Veränderung.« Eine Wolke billigen Schnapses umwaberte uns, sein Zustand war, alles in allem, desolat.

»Mensch, Backen, willst du dich nicht erst mal hinlegen und etwas ausnüchtern? Und dann gucken wir mal weiter?«

»Geht nicht, wir müssen erst ein neues Handy organisieren.«

»Backen, ich bitte dich. In dem Zustand solltest du lieber gar nicht vor die Tür.«

»Wieso? Ist was?«

Jetzt erst fiel mir auf, was mich die ganze Zeit schon irritierte – also neben der Tatsache, dass mein Kumpel volltrunken mit seinem Hausstand im Schlepptau bei Minusgraden nur mit einem kleinen Leibchen bekleidet bei mir einziehen wollte: Er zitterte am ganzen Körper. Und ohne, dass ich das näher hätte begründen können, wirkte es nicht wie Kältezittern.

»Backen, Mensch, du zitterst ja furchtbar, große Güte, was ist denn passiert?«

»Ach, das macht gar nichts!«, sagte er, wühlte in seinen Hosentaschen herum und kramte ein paar Tabletten daraus hervor. »Haste mal ein Glas Wasser?« Er torkelte an mir vorbei in die Küche, ich wuchtete seinen Privatpanzerschrank in die Wohnung – er schien wirklich länger bleiben zu wollen, ich bekam das Teil kaum angehoben.

»Mensch, Backen, hast du deinen gesamten Hausstand mitgebracht?«

»Na ja«, rief er aus der Küche, »was halt davon übrig ist. Muss ich noch ausmisten, ist auch die Hälfte von angekokelt.« Dann stand er wieder vor mir und versuchte, die Tablettenschachtel in seine Hose zu stopfen. »Oxazepam!«, strahlte er, »ist super.« Er torkelte ins Wohnzimmer, legte sich aufs Sofa und schlief umstandslos ein.

Ich war leicht beunruhigt. Gut, ein bisschen extravagant war Backen, so lange ich ihn kannte, aber irgendwas war anders diesmal. Aus einem unbestimmten Gefühl heraus sammelte ich alle Feuerzeuge und Streichhölzer ein und schloss den Alkohol weg. Ich hatte nicht den Eindruck, als wäre es klug, ihm zur Begrüßung ein Gläschen anzubieten, wenn er wieder aufwachte. Falls er überhaupt wieder aufwachte – etwas ratlos starrte ich auf seinen im Großen und Ganzen reglosen, nur hin und wieder seltsam zuckenden Körper. Dann setzte ich mich an den Rechner und guckte ins Netz, was es mit diesem Oxazepam auf sich hatte. Was ich fand, trug nicht zu meiner Beruhigung bei. Vielleicht wäre es klüger, einen Arzt zu rufen? Aus seiner Hosentasche waren zwei weitere Tablettenschachteln gerutscht und lagen auf dem Teppich vor meinem Sofa. Vielleicht wäre es doch auch gar nicht so klug, einen Arzt zu rufen. Ich ahnte, dass das Wochenende anders verlaufen würde, als ich gedacht hatte.

*

Am nächsten Morgen war Backen verschwunden. Wie ein Mahnmal allerdings stand sein Rollkoffer im Flur und erinnerte mich daran, dass die Geschichte wohl noch nicht ausgestanden war. Gegen Mittag tauchte er wieder auf.
»Backen, hallo, wo warst du denn?«
»Ich habe sie angezeigt, diese Dilettanten! Diese Verbrecher! Diese Wahnsinnigen!«
»Wen? Was?«
»Die Feuerwehr! Du machst dir keine Vorstellungen! Die haben meine Wohnung verwüstet! Alles kaputt! Die eine Hälfte abgefackelt, die andere unter Wasser gesetzt. Diese Irren!«
»Ich dachte, du hast deine Bude abgefackelt?«
»Ach, was weiß ich denn! Ich kann mich ja an nichts erinnern. Irgendwie hat's halt gebrannt, und dann habe ich die Feuerwehr gerufen. Du machst dir keine Vorstellungen, die sind total plemplem! Und jetzt behaupten die, ich hätte das Feuer selbst verursacht, weil ich im Bett geraucht hätte.« Ich blickte auf seine drei Zigarettenschachteln, die auf dem Wohnzimmertisch neben meinem Sofa lagen, und schluckte.
»Und? War es nicht so?«
»Weiß nicht. Glaub ich aber nicht. Kann ich mir gar nicht vorstellen. Ich rauche schon so lange, ich weiß

doch, wie man richtig raucht. Ich glaube ja, das Handy-Ladegerät ist explodiert.«

»Das Ladegerät ist explodiert?«

»Die habe ich auch angezeigt.«

»Wen?«

»Die Feuerwehr! Und Nokia!«

»Du hast Nokia angezeigt?«

»Ja, weil deren Ladegeräte explodieren und einem dann die Bude in Brand setzen. Das geht doch so nicht! Das können die doch nicht machen! Die stecken doch alle unter einer Decke!«

»Mit wem?«

»Na – mit der Feuerwehr natürlich! Deswegen haben die ja auch nicht richtig gelöscht!«

»Nicht richtig gelöscht?«

»Die haben versagt! Nach dem ersten Einsatz ist das Feuer noch mal losgegangen! Stell dir das vor, da ruft man selbst die Feuerwehr, weil es im Zimmer brennt, dann kommen die und verwüsten die halbe Wohnung, und dann kriegen sie das Feuer nicht mal richtig aus, sodass es eine Stunde später schon wieder brennt! Die sind doch wahnsinnig! Und das alles nur, weil ich meinen Handyvertrag gekündigt habe!«

»Was?«

»Ist doch klar! Da haben die das Ladegerät gesprengt! Die stecken alle unter einer Decke!«

Auf der Ebene kamen wir nicht so recht weiter. Ich versuchte, das Gespräch erst mal in pragmatische Bahnen zu lenken:

»Sag mal, Backen, wie lange willst du jetzt eigentlich hier wohnen?«

»Weiß ich doch nicht. Meine Wohnung ist ja komplett im Arsch. Diese Verbrecher haben sie vollständig zerlegt! Mir war ja gleich klar, dass der Vertrag übertreuert war, die haben wohl gedacht, ich check das nicht, aber nicht mit mir! Ich hab das genau durchschaut. Und dann haben sie das Ladegerät gesprengt und anschließend alle

Beweise vernichtet, indem sie die Wohnung abgefackelt haben.«

»Backen, meinst du nicht, es wäre doch wahrscheinlicher, dass du mit einer Zigarette eingeschlafen bist?«

»Zwei Mal? Das glaubst du doch selbst nicht! Es hat zwei Mal in der Nacht gebrannt. Kaum, dass ich mich wieder ein bisschen beruhigt und hingelegt hatte, steht sofort wieder die ganze Hütte in Flammen. Und das, obwohl doch alles völlig durchnässt war! Die haben wahrscheinlich mit Brandbeschleunigern gearbeitet!«

»Backen, soll ich einen Arzt rufen?«

»Ach was, Arzt! Ich war vorhin bei der Polizei und habe die alle angezeigt.«

»Aha. Und was sagt die Polizei dazu?«

»Die müssen natürlich erst mal ermitteln. Du weißt doch, Spurensicherung, DNA-Tests, das ganze Programm.«

»Backen, ich weiß nicht, ob das so eine gute Idee ist, wenn du hier länger wohnst. Ich meine, ich sähe es nur sehr ungern, wenn meine Wohnung auch ...«

»Wieso? Hast du auch deinen Handyvertrag gekündigt? Deiner war doch gut, den hatte ich dir doch extra rausgesucht. Wieso hast du den denn gekündigt? Bist du irre?«

»Nein, ich habe meinen Vertrag noch.«

Er wirkte sehr erleichtert: »Na, dann ist ja gut.«

Ich schaute ihn ratlos an, während er sich auf mein Sofa legte und sofort wieder einschlief. Ich versteckte seine Zigaretten, schlief aber trotzdem schlecht in der Nacht.

*

Am nächsten Tag war Backen wieder verschwunden und blieb es vorläufig auch. Ich ging an seiner Wohnung vorbei, aber die war versiegelt und niemand öffnete. Ich war nicht gerade beruhigt, andererseits aber auch nicht unglücklich über sein Verschwinden. Vielleicht war er ja zu anderen Freunden gegangen, oder in die Klinik, machte ich mir Mut. In der Nacht wurde ich gegen 4.30 Uhr aus dem Bett geklingelt. Mir war schon klar, wer das war. Dabei hatte er doch einen Schlüssel. Als Backen schließlich vor der Wohnungstür stand, betäubte der Schnapsgeruch meine Sinne. Allerdings nicht so sehr, als dass ich nicht noch registriert hätte, dass mein Freund nur in Unterhose, Unterhemd und Badelatschen bekleidet vor mir stand. Draußen fror es.

»Backen! Bist du jetzt völlig durchgedreht?«
Er fing an zu heulen.
»Was um Himmels Willen ist denn passiert?«
»Das können die mit mir nicht machen! Mit mir nicht!«
»Was denn, nun erzähl schon.«
»Ich bin doch nicht verrückt!«

Da war ich mir allerdings längst nicht mehr so sicher. Klar, der Backen, den ich bislang kannte, der war zwar manchmal ein bisschen schräg, aber bestimmt nicht verrückt. Der Backen aber, der jetzt ständig in bizarrer Aufmachung besoffen bei mir auftauchte, seine traurigen letzten Besitztümer bei mir deponiert hatte, unter das Betäubungsmittelgesetz fallende Tabletten schluckte, seine Wohnung abfackelte und ansonsten Gott und die Welt mit Strafanzeigen überzog – den hätte ich ja doch ganz gern in ärztlicher Behandlung gesehen. Und offenbar nicht nur ich.

Er sei wieder in seine Wohnung gegangen, so berichtete er, und habe das Siegel aufgebrochen, um Beweise zu sichern. Die Feuerwehr würde ja alles daran setzen, alle Spuren, die auf ihre Machenschaften hindeuteten, heimlich beiseite zu schaffen, damit sie alles ihm in die Schuhe schieben konnten. Ganz zu schweigen von der Sache mit dem Ladegerät.

Seine Nachbarin, mit der er sich immer sehr gut verstand, habe seine Rückkehr bemerkt und mit ihm über alles geredet, bei einer gemeinsamen Flasche Jägermeister. Davon habe sie immer reichlich im Haus, damit habe es im Grunde ja erst angefangen, seine Begeisterung für das Zeug, weil sie ihn nachts, wenn er nach Hause kam, immer abgefangen hätte, und dann hätten sie eben immer noch einen Jägermeister getrunken, und er glaube, dass habe ihn zum Alkoholiker gemacht, bis vor drei Monaten haber er ja gar nicht getrunken. Da sei ihm der viele Jägermeister einfach nicht bekommen.

»Aber Backen, man wird doch nicht in drei Monaten von ein paar Schnäpschen zum Alkoholiker!«

»Schnäpschen?« Backen schaute mich verblüfft an. Sie hätten das immer aus Liter-Flaschen getrunken. Jedenfalls habe sie ihn auch vorgestern Nacht wieder zum Jägermeistern, wie sie es nannten, zu sich eingeladen und ihn dann aber doch nachdenklich gemacht, weil sie gesagt habe, er sei ja doch ganz schön süchtig, so, wie er das immer wegsaufe. Aber sie saufe doch genau so viel, habe er dann gesagt. Das stimme, habe sie gesagt, aber sie befände sich ja auch in Behandlung. Das gehöre schon dazu, einfach so saufen, das sei gefährlich, er solle sich dringend mal behandeln lassen. Da würde man eine Menge lernen über sich und den Alkohol. Danach könne man dann viel bewusster saufen. So mache sie es auch, und alle zwei, drei Jahre gehe sie in eine richtige Entziehungskur. Man müsse zwischendurch auch mal wieder einen klaren Kopf bekommen, habe sie zu ihm gesagt, sonst würde man am Ende noch richtig abhängig, und das sei nicht gut. Letztlich habe sie ihn überzeugt, zumal sie der Meinung war, dass Oxazepam und Alkohol sich nicht gut ergänzen, sie sagte, man müsse sich schon für eines entscheiden, man könne eben nicht auf allen Hochzeiten tanzen. Und die Sache mit dem explodierten Ladegerät glaubte sie ihm auch nicht, das habe er nämlich in der Nacht vor dem Brand bei ihr in der Wohnung vergessen und sei also noch ganz unversehrt, und das würde doch insgesamt ein bedenkliches Licht auf seinen Zustand werfen, allein dass er das Ladegerät samt Handy bei ihr vergessen hätte, das sei ihm ja noch nie passiert.

Diese Ansprache, sagte Backen, habe ihn schon nachdenklich gemacht, vor allem die Sache mit dem Handy, und weil er außerdem so froh gewesen sei, es jetzt wieder zu haben, und das, obwohl er den alten Vertrag gekündigt hätte, deswegen habe er gleich mal beim sozialpsychiatrischen Notdienst angerufen und sei dann in die Klinik gegangen.

»Ja, das klingt doch sehr gut, nur: Warum bist du jetzt hier? Und warum so – äh, ungewöhnlich bekleidet?«

Ich würde mir ja gar keine Vorstellungen machen, holte Backen aus, das sei das reinste Terrorregime da. Erst hätten alle ganz nett und verständnisvoll getan, aber dann sei es losgegangen, die reinste Gängelei. Sein Handy hätte er abgeben sollen, und er durfte nicht rauchen auf seinem Zimmer. Hätte er natürlich trotzdem gemacht, am geöffneten Fenster, das hätte normalerweise gar keiner gemerkt, aber ständig hätte einer reingeguckt und Theater gemacht, und da habe es ihm eben irgendwann gereicht. Und dann wollten sie ihn nicht gehen lassen, weil sie meinten, er sei gefährdet. »Gefährdet!«, Backen lacht hysterisch, »gefährdet!« Das müsse man sich mal vorstellen! Erst nähmen sie einem alles weg, Zigaretten, Handy, Jägermeister, Oxazepam, und dann sagen sie, man sei gefährdet. Aber nicht mit ihm, er habe sofort einen Anwalt verlangt und die Polizei, aber man hätte ihm nur gesagt, dass die diensthabende Oberärztin bald käme, und dann sei er eben abgehauen, mit seinem Handy, das habe er noch gerettet, triumphierte er.

»Ja, aber zum Anziehen hat's wohl nicht mehr gereicht.«

*

Mit einiger Mühe gelang es mir, ihn am nächsten Tag davon zu überzeugen, dass sehr viel dafür spräche, dass die Konsultation eines Arztes doch sehr sinnvoll sei. Genau genommen gelang mir das erst, als er feststellte, dass sein Oxazepam aufgebraucht war. Ich war verblüfft, wie rasend schnell er vor meinen Augen verfiel. Wie bei einem Gummi-Aufblastier, bei dem man den Stöpsel aufmacht, schien die Luft bei ihm zu entweichen, praktisch minütlich wurde er immer langsamer, sprach stockender, wurde zittriger, fing an zu jammern, musste sich hinlegen, wimmerte nur noch, war kaum noch ansprechbar. Da endlich gelang es mir, ihn zu überzeugen, in ein Krankenhaus zu gehen. In ein anderes aber, darauf bestand er, als das, aus dem er kurz zuvor geflüchtet war. Mir war alles egal, Hauptsache, ich bekam ihn irgendwie aus der Wohnung. Also schnappte ich ihn mir, zog ihm was an, stützte seinen gebrochenen Körper und schaffte ihn in die Notaufnahme des Jüdischen Krankenhauses an der Osloer Straße.

Unterwegs wimmerte er nur noch vor sich hin, er könne nicht mehr, ich solle ihn liegen lassen, es hätte alles keinen Sinn mehr. Im nächsten Moment fürchtete ich, er würde eine Schlägerei auslösen, als eine Jugendgang in die Straßenbahn kam und einer von ihnen auf den Boden spuckte. Backen ging ihn umstandslos an und brüllte: »Du Pottsau! Was ist denn das für eine Art, hier auf den Boden zu rotzen! Mach das weg! Mach das sofort wieder weg!« Au weia, dachte ich, als die fünf Halbstarken sich sofort auf Warnhaltung aufbliesen, aber der Spucker schritt überraschend ein: »Hey Leute, ganz ruhig, lasst den mal. Der ist doch krass abgedreht. Sieht man doch. Voll durchgeknallt. Kommt, gehn wir lieber.« »Du Pottsau! Du Rotzer! Ich lass dich das vom Boden lecken, du Ratte!«, brüllte Backen außer sich, während ich verzweifelt versuchte, ihn zu beschwichtigen. Auch die anderen Fahrgäste rückten von uns weg, an der Haltestelle Luise-Schröder-Platz stiegen alle aus und wechselten den Wagen. Ich atmete auf.

An der Osloer Straße angekommen, kollabierte Backen praktisch vollständig. Mit Mühe gelang es mir, ihn mehr ziehend als gehend bis in die Notaufnahme zu schleppen. Eine resolute Schwester fragte nach unserem Begehr, ich versuchte es, in knappen Worten zu schildern. »Ah, eine Entgiftung.« Sie drückte uns ein Info-Blatt in die Hand. »Nehmen Sie das mit nach Hause, lesen Sie es in Ruhe durch, und wenn Sie meinen, das ist das Richtige für Sie, lassen Sie sich einen Termin geben.« Ich schaute sie fassungslos an. Backen war viel zu schwach, um noch zu reagieren, und ich erschrak mich selbst fast, als ich sie mit aller Kraft anbrüllte, dass ich hier nicht eher wieder weggehen würde, bis ein verfickter Arzt oder meinetwegen die Polizei hier auflaufen würde und meinen Freund hier untersucht oder wegsperrt oder sonst was macht, sie solle sich mal nicht einbilden, dass sie mich hier so einfach wieder loswerden würde, ansonsten könne sie mich gleich mit einweisen lassen, freiwillig jedenfalls ginge ich hier nicht raus. »Wie Sie meinen.« Sie zuckte mit den Schultern, zeigte auf das Wartezimmer und sagte, der diensthabende Arzt sei gerade im Haus unterwegs, er komme dann, sobald er Zeit habe.

So saßen wir etwa drei Stunden in einem lausigen Wartezimmer. Backen zitterte und jammerte die meiste Zeit, einmal drohte er, einen anderen Wartenden umzubringen, weil dieser gerülpst hatte, mit Mühe konnte ich ihn zurück auf seinen Stuhl reißen. Es war inzwischen ein Uhr, ich verlor die Nerven. Ich schnappte mir Backen, schleppte ihn raus, winkte uns ein Taxi heran und bat um schnellstmöglichen Transport zur Charité. Dort zumindest hatte ich den Eindruck, halbwegs ernst genommen zu werden, eine Stunde müssten wir allerdings mindestens warten, wurde uns bedeutet, der Arzt habe noch einiges zu tun. Mir war inzwischen alles egal, ich überprüfte nur durch gelegentliches Anstupsen, ob Backen überhaupt noch Vitalfunktionen zeigte. Als schließlich tatsächlich ein junger, freundlicher Arzt kam, schossen mir Tränen der Erleichterung in die Augen. Er hörte sich den Fall an, schaute in seine Akte, stellte fest, dass Backen vor zwei Wochen schon hier gewesen sei und auf eigene Veranlassung wieder entlassen wurde, da könne er jetzt auch nicht viel machen. Er gebe ihm jetzt etwas, um die Entzugserscheinungen des Oxazepams zu mildern, mehr könne er nicht für uns tun. Backen müsse sich dann ordnungsgemäß für eine Entgiftung anmelden, und das habe nur Zweck, wenn er selbst das wirklich wollte. Er hätte nichts dagegen, wenn er das woanders täte, nach dem Aufstand, den er hier unlängst veranstaltet hätte. Was um Gottes Willen ich denn machen sollte, fragte ich ihn, er habe ja keine eigene Wohnung mehr und wäre bei mir. Das sei natürlich hart, gab der Arzt zu, aber das Einzige, was er mir empfehlen könne, wäre, ihn so gut es ging kontrolliert trinken zu lassen. Bei den Worten »kontrolliert trinken« zeigte Backen zum ersten Mal seit geraumer Zeit wieder Lebenszeichen. Wir machten uns auf den Weg nach Hause. Unterwegs kamen wir am »Imbiss zur Mittelpromenade« vorbei. Backen meinte, er habe Hunger. Mir fiel auf, dass ich auch schon ewig nichts gegessen hatte. Backen sagte, er lade mich ein, als kleines Dankeschön. Er bestellte zwei Currywürste mit Pommes und eine große Flasche Jägermeister. Glücklich lächelnd dreht er sie auf: »Hat doch der Arzt verordnet!«

Der Kapuzenmann

Wenn mich Bekannte aus anderen Städten im Wedding besuchen, wirken sie oft etwas irritiert, wenn sie nach ihren Streifzügen wieder zurück in die Wohnung kommen. Dann ist ihnen der seltsame Kapuzenmann begegnet, ein bezirksbekannter Wahnsinniger schwer zu ermittelnden Alters zwischen 50 und 70, dessen Kopf gut unter einer weiten Kapuze verborgen ist und der mit fast unmenschlich scheinender Kraft den ganzen Tag durch die Straßen läuft und dabei in beeindruckender Lautstärke vor sich hin schimpft. Man kann es nicht verstehen, es ist, nach allem, was man so hört, ein seltsames Gemisch aus Deutsch, Türkisch und seiner ganz eigenen Paranoia-Sprache, aber es ist laut und klingt bedrohlich und zornig. So zornig, dass jeder neue Hassprediger in den Gebetsräumen ringsum vor Schreck erbleicht, wenn er ihn zum ersten Mal hört, so laut, dass selbst die Volltrunkenen auf ihren Bänken am Leopoldplatz kurz aus ihrem Dämmerschlaf aufschrecken und hochgucken, so bedrohlich, dass kein Taxifahrer es wagt, aus dem Fenster zu pöbeln, wenn der Kapuzenmann, ohne den Verkehr eines Blickes zu würdigen, zeternd quer über die Straße schreitet. Obwohl man bald weiß, dass er niemals stehen bleibt, dass er nie jemanden direkt anspricht, wechselt man stumm die Straßenseite oder drückt sich ganz an den Rand des Bürgersteigs. Jeder kennt ihn, aber niemand weiß etwas über ihn. Die Leute nehmen sein regelmäßiges Auftreten hin, so wie man es hinnimmt, dass es regnet oder ein Flugzeug im Landeanflug auf Tegel über die Müllerstraße donnert. Man ist froh, wenn es vorbei ist, aber man regt sich nicht groß auf. Und so zieht der Kapuzenmann schreiend und rasend und tobend weiter seiner unergründlichen Wege.

Sein Auftauchen hat stets eine rätselhafte Wirkung: Er macht die Menschen friedlich. Niemand, selbst der notorischste Islamisierungsphobiker, selbst der migrationshintergründigste Testosterontanker nicht, ja, nicht einmal ein eingeborener Berliner wagt es, nach einer Begegnung mit dem Kapuzenmann seine eigenen chronischen Schimpftiraden fortzusetzen. Man wagt es nicht mal, weiter so grimmig zu gucken, wie es hier Brauch und Anforderung ist. Manche lächeln sogar plötzlich, womöglich zum ersten Mal seit Wochen. Zu unbedeutend, geradezu absurd erscheint die eigene Übellaunigkeit, nachdem man einen kurzen Blick unter die Kapuze erhascht hat, zu groß die Erleichterung, dass der mysteriöse Mann folgenlos an einem vorbeigezogen ist, zu offensichtlich, dass man selbst einen Moment nicht der coole Großstädter war, sondern ein furchtsames, gar im Rahmen des Möglichen sensibles Wesen. Danach schimpft man nicht selbst einfach weiter, zumal in der Ausdruckskraft zwei Ligen darunter, danach wird man zurückhaltend, still oder gar freundlich, und sei es auch nur für kurze Zeit. So schlägt der Kapuzenmann eine seltene Bresche des Friedens durch den Wedding. Ihn wird das nicht stören. Jedenfalls nicht mehr als alles andere. Vielleicht stört ihn in Wirklichkeit aber auch überhaupt nichts. Vielleicht ist das sogar seine Mission. Wer weiß das schon.

Die Wahrheit ist das höchste Gut

»Lehmann's«, heißt es jetzt also, das neue Restaurant mit »deutscher Küche« in unserem Vorderhaus, und der freundliche Türke, der es bewirtschaftet, legt Wert auf Authentizität. Die Speisekarte ist – nun ja, ehrlich. Es gibt Käsebrot. Und Spaghetti Carbonara. Und Hackschnitzel. Außerdem: Spiegelei. Beste deutsche Küche, da hat er nicht zuviel versprochen.

Die Weddinger aber danken es ihm nicht. Wir bleiben die einzigen Gäste. Nach vier Wochen überrascht er uns mit der Erkenntnis: »Deutsch geht hier irgendwie nicht, ich mache jetzt Pizza!«

*

Weitere zwei Wochen später haben wir nun also ein italienisches Restaurant im Haus. Etwas misstrauisch wagen wir uns zum ersten Testessen. Das Angebot ist bodenständig. Die Qualität der Speisen auch. Schmeckt ein bisschen so, als hätte ich es selbst versucht. Wir bleiben skeptisch.

*

Zwei Wochen später. Er ist sehr allein in seinem Restaurant. Ich habe Mitleid. Es ist billig, und man wird nicht krank davon. Also tun wir ihm noch einmal den Gefallen.

Das Essen ist leider nicht besser geworden. Die Nudeln erinnern eher an Püree, die Sauce dagegen könnte man sicher zum Anbringen von Tapete sinnvoller einsetzen als auf den Tellern. Dafür kann man ihm wirklich nicht vorwerfen, dass er geizt: Die gigantischen Suppenteller werden bis zum Anschlag mit der pappigen Masse vollgemacht, es ist eine wirkliche Herausforderung.

Während wir etwas ratlos vor uns hinstochern, kommt er an unseren Tisch:

»Und? Wie schmeckt es?«

»Äh –«, verdammt, was soll man da sagen, er ist doch ein netter, freundlicher Mensch. »Äh, ja, doch, ganz gut«.

Aus alter Gewohnheit versuche ich, die Nudeln mit der Gabel zu wickeln, was natürlich ein völlig idiotischer Impuls ist, dafür müssten sie ja irgendeine physische Beschaffenheit aufweisen, die der Gabel Widerstand entgegensetzt. Hier reicht der Löffel völlig. Besser wäre noch ein Spachtel.

»Sie müssen ganz ehrlich sein!«, insistiert der türkische Italiener.

»Ähm, könnte man vielleicht noch ein bisschen mehr salzen«, sage ich, um glaubwürdig zu bleiben. Dabei ist der Hinweis auf das fehlende Salz ungefähr so, als würde einem Sicherheitsbeamten, dem ein Selbstmordattentäter gegenübersteht, nur auffallen, dass sein Hemd aber ganz schön spannt.

»Wissen Sie«, führt er nun aus, »wissen Sie, mein Kumpel, der kann gut kochen, der kocht sogar richtig gut, verstehen Sie?«

»Ah ja?«

»Ja, der ist ein richtiger Koch. Aber Sie sehen ja, hier ist noch nichts los. Da kann ich den natürlich nicht bezahlen.«

»Nein, natürlich.«

»Eben. Deswegen muss ich selbst kochen. Ich kann eigentlich aber gar nicht kochen.«

Das ist zumindest eine zufriedenstellende Erklärung.

»Ich habe meinem Kumpel schon ein paar mal zugeguckt! Wie der kocht! Der kann gut kochen! Ich will viel von ihm lernen!«

Er deutet auf meine Freundin: »Sie waren doch neulich mal hier, als mein Kumpel gekocht hat. Wie fanden Sie das denn?«

Meine Freundin guckt etwas überrascht: »Öh, tja, also – mir ist eigentlich kein großer Unterschied aufgefallen ... Schmeckte ... also ... war schon irgendwie wie heute.«

»Ja?« Er strahlt übers ganze Gesicht. »Wirklich ehrlich? War so wie heute?«

»Ja!«, sagt meine Freundin nun mit fester Stimme und offenbar gutem Gewissen, und ich ahne, was das bedeutet.

»Das ist gut, dass Sie ehrlich sind!«, sagt unser Italotürke, »das alte Ehepaar hier aus dem Haus ...« Er rudert etwas mit den Armen, ich helfe ihm aus: »Ach, die Kasulzkes«

»Ja, die Kasulzskes, die waren ja auch schon mal hier. Die haben hier gegessen und dann habe ich sie auch gefragt, ob es ihnen geschmeckt hat. Und da haben sie gesagt: Ja, sehr gut sogar. Und dann sind sie nie wieder gekommen. So was ist doch nicht ehrlich.«

Tja ... verdammt. Wir geben uns empört. »Ungeheuerlich!« Ich fühle mich schlecht. Es fällt schwer zu beurteilen, ob allein vom Gewissen oder nicht doch auch vom Magen her.

»Sie müssen immer ehrlich sein, wissen Sie!«

»Ja, unbedingt«, pflichte ich ihm bei. Zufrieden geht er zurück in seine Küche.

Erschrocken füllen wir die Masse von unseren Tellern in eine Plastiktüte, die meine Freundin zum Glück in ihrem Rucksack hatte, und als er wiederkommt, bestellen wir ihm zu Liebe noch ein Bier. »Hat es geschmeckt?«, fragt er freudestrahlend.

Wir seufzen unmerklich, verdammt, ich kann das nicht. Nächste Woche werde ich wiederkommen. Und übernächste vermutlich auch. Damit er nicht glaubt, dass ich ihn angelogen habe. Und es wird schlimmer und schlimmer werden, ich weiß es ja jetzt schon. Er wird annehmen, dass es mir hervorragend schmeckt, weil ich immer wieder komme, und mit jedem Mal wird es, allen guten Vorsätzen zum Trotz, noch unmöglicher für mich, ihm die Wahrheit zu sagen, denn dann flöge ja auf, dass ich die ganze Zeit schon gelogen habe. Zum Glück habe ich einen robusten Magen. Und allzu lange kann es nicht dauern, bis er das Unternehmen Pizzeria wieder aufgeben muss, denn so, wie es aussieht, sind wir praktisch seine einzigen Gäste. Bis dahin aber liegt ein langer und pappiger Weg vor uns.

Krasse Mooves

Mit der gleichen Regelmäßigkeit, mit der das Monster im Loch Ness gesichtet wird oder entfleuchte Kaimane in deutschen Baggerseen, nur viel häufiger, tauchen *Spiegel*-Reporter im Wedding auf, um von nicht minder monströsen Entdeckungen zu berichten. Nur dass die bestaunten Kreaturen hier eben nicht Nessie oder Sammy heißen, sondern Erkan, Mazlum oder Ali. So hat Antonia Goetsch für *Spiegel-online* Jungs ausfindig gemacht, die in Jugendzentren tanzen. Sie beginnt ihren Bericht mit dem Titel »*Krasse Mooves statt Schlägerei*« ganz standesgemäß: »*Anmachen, prügeln, abziehen: In Berlin-Wedding dreht sich alles um Respekt und um Gewalt.*« Wo sie Recht hat, hat sie nun einmal Recht. Ich kenne das gut: Ob morgens beim Bäcker oder abends an der Pommesbude: immer nur Respekt und Gewalt.

»Vier Schrippen, Alter ey!«

»Hier sind sie, frisch gebacken, noch ganz warm und schön knusprig!«

»Respekt!«

»Danke. Jetzt lass aber mal 36 Cent dafür rüberwachsen, sonst gibt's was auf die Fresse!«

Schlimm. Aber so ist das halt hier. So geht es laut Frau Goetsch auch Chico, 37: »*Chico, 37, war früher Gangmitglied und holt jetzt Jugendliche mit Breakdance von der Straße. Mazlum, Muradif und Denis haben keine Zeit zum Klauen – sie wollen Weltmeister werden.*«

Aha. Breakdance-Weltmeister. Klar, da fehlt natürlich die Zeit zum Raubmord. »*Um die Beats zu hören, braucht Mazlum keine Musik. Er tanzt überall, auch auf dem harten Betonboden des U-Bahnhofs Wedding.«* Der harte Betonboden des U-Bahnhofs Wedding! Wie oft schon ging ich über diesen Boden und dachte: Scheiße, ist der hart! Was soll nur werden aus den Kids, die auf diesem verdammt harten Boden groß werden müssen? Dass sich das Ganze mal zum Guten wenden könnte, hätte ich nie gedacht. Doch so ist es: Breakdance-Weltmeister. Das geht nur hier. Auf den verweichlichten, ja, den geradezu weibischen Böden der U-Bahnhöfe im Prenzlauer Berg oder in Schöneberg, da könnte kein ordentlicher Breakdancer heranwachsen. Aber hier, im U-Bahnhof Wedding: Beton. Überall Beton. Kein Wunder, dass man da zu tanzen beginnt: *»Ein paar lockere Schritte im Takt, den der Zuschauer nur erahnen kann, dann kommt der Trick: Handstand, abdrücken, abheben, und dann folgen Drehungen in der Luft, bis den staunenden Fahrgästen schwindelig wird. »Die machen dicke Augen«, sagt Mazlum und grinst zufrieden. Sein bester Kumpel hat alles mit dem Handy gefilmt.«* Voll krass, finde ich das, während ich lese: *»›Voll krass‹, finden das Mazlums Freunde, als er das Video im Jugendzentrum Julateg vorführt, das nur ein paar Schritte vom U-Bahnhof entfernt liegt.«* Beton-U-Bahnhöfe mit Jugendzentren in Schrittweite – das ist er, der Wedding. Wirklich keine schöne Gegend, trotz seiner Altbauten. *»Trotz Altbauten keine schöne Gegend: Auf den Parkbänken schlafen Alkoholleichen, eine Gruppe Jugendlicher führt riesige Hunde aus, die Besitzer haben ihr ›Mach-mich-nicht-an-Gesicht‹ aufgesetzt.«* Ein eigentlich sehr verständlicher Gesichtsausdruck, wenn man *Spiegel*-Reportern begegnet. Gut, wenn man da ein paar eindrucksvolle Hunde bei sich hat. Das haben die Breakdancer-Kids offenbar versäumt, sodass die Reporterin ihnen überall hinfolgt: *»Drinnen, im Trainingsraum, beugen sich sieben Köpfe über Mazlums Handy-Display. Dann plötzlich Schritte auf der Treppe. Das ist Chico. Die Jungs springen auf* *und legen los: zwei Schritte nach vorn, Fuß nach rechts, Sprung in die Hocke. Als der Trainer den Raum betritt, tun sie sehr erschöpft und völlig überrascht.«* Dumm nur, dass sie nicht bemerket haben, dass Frau Goetsch alles eifrig mitschreibt und sie verpetzen wird, aber nun ja, es ist für eine gute Sache, denn: »*Ein guter Breakdancer muss seinen Körper dem Willen unterwerfen. Es braucht viele Trainingsstunden, um sich wie ein Kreisel auf dem Kopf zu drehen. Darum hat ein Weltmeister in spe keine Zeit sich zu prügeln oder Jacken zu klauen. Das ist Chicos Idee.*« Eine geniale Idee. Warum sind da nicht andere schon viel eher drauf gekommen? »*Mit Breakdance, dem Tanz von der Straße, hat er seine Jungs von eben dieser weggelockt.*« Das ist Weddinger Dialektik. Respekt. »*Respekt – diese Botschaft zieht bei den Jüngeren. Insbesondere wenn Chico Dinge sagt wie: ›Wir können meine Freunde von früher im Knast besuchen, dann wisst ihr, wo man landen kann.‹*« Er ist schon ein pädagogischer Fuchs, dieser Chico. Vermutlich aufgeregtes Flüstern unter Mazlum und seinen Freunden. »*Im Knast? Man kann im Knast landen? Chico, echt?*« Ja, so kann es gehen hier, wo sich alles nur Respekt und Gewalt dreht: »*Im Wedding, wo sie alle aufgewachsen sind, bekommen vor allem die Kleinkriminellen Respekt, der Bezirk wetteifert mit Neukölln um den miesesten Ruf. Mazlum hat früher andere verprügelt und ›abgezogen‹. Er sagt immer noch: ›Wir im Wedding sind die Härtesten.‹*« Und schließlich »*sagt er auch Sätze wie: ›Wenn du dich schlägst, dann haben vielleicht die Leute, die du gerade verhauen hast, Respekt. Aber seit ich tanze, kennen mich richtig viele Leute. Und wenn wir auftreten, dann gehen die Zuschauer voll mit.‹*« Mit anderen Worten: Wenn man sonst jeden einzeln verprügeln muss, um ihm Respekt einzuflößen, dann ist es natürlich erheblich ökonomischer, vor mehreren Leuten gleichzeitig zu tanzen, um denselben Respekt zu bekommen. Offenbar haben die Migrantenkids sich mit den unumstößlichen marktwirtschaftlichen Regeln von Rationalisierung und Zeitökonomie bereits bestens vertraut gemacht. Und das ist auch wichtig, weil der Konkurrenzdruck in der Branche groß ist, auch für die Breakdance-Jungs. Denn kurz zuvor hatte sich *Spiegel*-Schreiber Daniel Haas in den Wedding – »*eines der härtesten Krisengebiete des Landes*« – getraut und über rappende Jugendliche mit Migrationshintergrund berichtet, die statt randalieren zu gehen oder sich gegenseitig die Zähne auszuschlagen jetzt in Jugendzentren den Sprechgesang üben. Es folgte im gleichen Medium Miriam Schröder mit ihrer Reportage über Mädchen im Wedding. Darin ging es um Saliha mit ihrem schönen Wahlspuch: »*Bist du korrekt zu mir, bin ich korrekt zu dir. Bist du scheiße zu mir, schlachte ich dich wie ein Tier*«, die jetzt aber in Jugendzentren über ihre Probleme redet und deshalb keine Zeit mehr hat, anderen Mädchen die Ohrringe auszureißen.

Und irgendwo da draußen, in einem der Altbauten zwischen den betonierten U-Bahnhöfen Wedding und Nauener Platz, da müssen sie sitzen, die Mitarbeiter einer großen Agentur, die täglich die Redaktionen der Republik durchtelefonieren: »Wir haben hier die nächste heiße Sache für Sie! Migrationshintergrund! Ghetto! Parallelwelten! Islam! Kommen Sie nur her, hierher in den Wedding, wir zeigen es Ihnen. Aber Sie müssen vorsichtig und mutig sein!« Und wenn die Neuköllner ihnen nicht wieder die Show stehlen, werden sie noch Jahre gut davon leben können.

Natürlich im Fernsehen

Tagesarbeitszeitmaximum, vorgeschriebene Pausen, Dienstschluss – die Worte der Redakteurin klangen wie Botschaften aus einer fremden, längst untergegangen Welt. Aber beim Öffentlich-Rechtlichen Fernsehen, da gibt es so etwas noch. Ich war gerührt. Der *Stilbruch*, ein Kulturmagazin des *RBB*, wollte einen Beitrag darüber machen, dass der Wedding auch Künstlern und Kreativen eine Heimstatt bieten könne. Dazu sollte nun ich befragt werden. Nur ein paar Aufnahmen für einen Kurzbericht, wurde mir gesagt. Und dann kamen sie in zwei Schichten mit zwei Kamera-Teams, insgesamt sechs Leute, von 13 bis 22.30 Uhr schleppten sie emsig Scheinwerfer, Monitore und Mikros in die Seestraße und zu den Brauseboys, ich war beeindruckt. Offenbar hält das Öffentlich-Rechtliche nicht nur auf Arbeitsschutz etwas, sondern auch auf Journalismus, von dem ich vermutete, er sei jenseits von Fachzeitschriften schon längst entschlafen. Aber die Redakteurin vereinbarte sogar ein Vorgespräch und bereitete sich gewissenhaft vor. Vielleicht sollte ich die GEZ-Schreiben doch nicht immer ungelesen ins Altpapier geben, sondern mal meinen Fernseher anmelden.

Zunächst aber galt es, sich der Begegnung mit dem Fernsehen zu stellen. Also erst mal gründlich aufräumen. Und saugen.

Nach einiger Zeit ist es geschafft. Ich blicke mich um. Sieht irgendwie komisch aus. Dieser leer geräumte Schreibtisch. Der geleckte Teppichboden. Das glaubt mir doch kein Mensch, dass hier irgendwas Kreatives entstehen kann. Und überhaupt, was ist mit meiner street credibility? Mit dem Authentischen? Ich gerate in Panik. Schnell zum Container, das Altpapier wieder reinholen, jetzt noch den Staubsaugerbeutel – wie kriegt man das Zeug da bloß wieder raus? Ach, einfach mal kräftig draufschlagen, dann wird's schon. Es klingelt. Die Kameraleute bemühen sich so zu tun, als sei alles ganz normal, als ich ihnen die Tür öffne. Erst im Badezimmerspiegel fällt mir auf, dass diese am Pullover klebenden Staubmäuse ja wirklich etwas merkwürdig aussehen. Na ja, egal.

Erstes Statement draußen auf der Straße. »Das Schöne am Wedding ist ja, dass man hier einfach machen kann, was man will, es interessiert keinen Menschen«, zähle ich einen Vorzug meiner Wahlheimat auf. Während wir den Technikkram durch den Innenhof tragen, öffnet sich ein Fenster nach dem anderen, die Nachbarn lehnen sich auf ihre Fensterbänke, legen gemütlich ein paar Kissen darauf und blicken neugierig auf uns herunter. Anschließend filmen wir, wie ich das Haus betrete. Ganz natürlich soll ich sein, einfach die Tür aufschließen und reinkommen. Ich bin ganz natürlich, schließe die Tür auf und komme rein. »Ah, nee, das dauert irgendwie zu lange.« Jetzt bin ich ganz schnell natürlich, schließe hastig die Tür auf und eile herein. »Nein, noch ein bisschen natürlicher vielleicht.« Ich bin etwas natürlicher schnell, habe die Tür natürlich gar nicht erst zugemacht und stolpere natürlich durch den Flur. Nach einigen weiteren Versuchen ist man sich einig, dass man daraus schon irgendeine Einstellung zusammenschneiden könne. Wir drehen jetzt seit gut einer Stunde und haben schon geschätzte drei Sekunden Material beisammen. Ich überschlage kurz, wie viele Minuten der *RBB* täglich so vor sich hinsendet und werde ganz ehrfürchtig. Vielleicht sollte ich sogar mein Radio anmelden.

Nächster Take: Ganz natürlich sitze ich an meinem Computer und schreibe einen Text. Zwei Beleuchtungsleute strahlen mich an, eine Kamera ist auf mich gerichtet, die Redakteurin schaut mir gebannt über die Schulter, während ich völlig entspannt einen Text schreibe. Ich schreibe: »Ich schreibe völlig entspannt einen Text. Ich schreibe völlig entspannt einen Text. Ich schreibe völlig entspannt einen Text.« Draußen läuft Robert Rescue wie ein aufgescheuchtes Huhn vor dem Fenster auf und ab. Jedes Mal, wenn er vorbei kommt, muss ich grüßend die Hand heben. Das hatte ich mal in einer Geschichte so geschrieben, dass ich vorbeikommende Nachbarn so immer durchs Fenster grüße. Nun der Gegenschuss. »Hä?«, gebe ich mich als Film-Experte zu erkennen. Gegenschuss bedeutet, dass ich die nächste halbe Stunde weiter tippe und grüße, nur dass diesmal von draußen gefilmt wird und Rescue deshalb zurück in seine Wohnung darf. Nach einer Weile stehen dafür ca. 30 Nachbarn im Innenhof und starren mich durch das Fenster an. Ich grüße entspannt.

Dann wollen wir sehenswerte Orte im Wedding filmen. Ich schlage den Madenautomaten am Anglergeschäft in der Tegeler Straße vor. Zunächst müssen wir eine halbe Stunde lang den türkischen Kids vortäuschen, dass wir sie filmen – sie bestehen darauf. Die etwa zehnjährigen Jungs strecken ihre Hühnerbrüstchen raus, pressen ihr Becken nach vorne und versuchen, ganz böse zu gucken. Einer ist schlau: »Die verarschen uns doch. Die filmen doch gar nicht!« Aus dem kann noch was werden, denke ich, während wir uns jetzt dem Automaten zuwenden. »Ey, da sind voll krasse Würmer drin!«, ruft einer der Jungen begeistert. Ich kläre ihn darüber auf, dass es sich um Maden handelt.

»Keine Würmer?«
»Nein, Maden.«
»Warum keine Würmer?«
Ich schaue ihn nachdenklich an. Woher soll ich das wissen? »Fische mögen lieber Maden.«
Er schaut mich nachdenklich an. »Ey, es heißt aber: wie der Wurm an der Angel! Nicht: Wie die Made an der An-

gel.« Klugscheißer. Man kann es wirklich auch übertreiben mit der Integration.

Jetzt muss ich Maden ziehen. Ich soll eine Euromünze in unterschiedlichen Positionen in den Schlitz stecken, aber nicht fallen lassen, wegen der Spesen. Nach etwa 10 Versuchen fällt mir keine neue Variante mehr ein, eine Münze in einen Automatenschlitz zu stecken. Endlich darf ich sie fallen lassen und die Maden ziehen. Ich wühle für die Kamera ein bisschen im Döschen herum, jetzt werden die Türken-Kids ganz ehrfürchtig: »Ey, cool, Alter!« Na also, da habe ich ja gleich noch ordentlich Respekt eingeheimst. Für die Jugendgangs der Gegend bin ich fortan der »Mann mit den Maden«, kurz: Maden-Man. Das ist besser als jeder Schutzgelddeal.

Wieder bei mir zu Hause, werde ich noch einmal richtig interviewt. Ich soll erklären, warum ich im Wedding lebe. Routiniert vertrete ich die berühmten Werningschen Wedding-Theoreme, die ich mir sorgfältig zurechtgelegt habe, eine gnadenlose Abrechnung mit der Neuen Mitte, der Szene, der Gentrifizierung und der gesamten Schickeria, ein wohl gesetztes Plädoyer für mehr Menschlichkeit, sozial gerechtes Wohnen und den Weltfrieden, eine rhetorisch-demagogische Meisterleistung zum Anstoß der Revolution. Nach dem klug gewählten Schluss- wie Höhepunkt meiner Rede blicke ich meine Gesprächspartnerin erwartungsvoll an. »Äh, ja«, sagt die, »das war ja sehr interessant. Könnten Sie das vielleicht auch in zwei Sätzen prägnant zusammenfassen?« Ich verkürze die Theoreme. »Ähm, ja, das geht schon in die richtige Richtung, aber vielleicht so etwa ein Viertel davon?« Ich starre sie ratlos an. Klar. Ein Viertel. Stottere einige sinnfreie Satzstummel in die Kamera. Immerhin kommt das Wort Wedding noch darin vor, glaube ich. »Sehr gut«, freut sie sich, »das nehmen wir.« Ich fürchte, das Fernseh-Format ist mir noch nicht vertraut genug.

Als Nächstes wollen wir bei der Aral-Tankstelle an der Seestraße drehen, weil ich mal ein Lied über »das blaue

Licht der Hoffnung« geschrieben habe. Der Kameramann meldet leichte Bedenken an. »Was soll hier eigentlich passieren? Das ist doch nur eine Tankstelle.« Die Redakteurin bittet mich, etwas ganz Typisches hier zu tun. Ich denke nach: »Tanken?« Sie will aber, dass ich mich, wie man das so macht, an eine der Säulen lehne und dort ganz natürlich etwas essen soll. Ich überlege, ob ich demnächst mal an meinem Image arbeiten muss. Möglichst natürlich lehne ich mich aber im frisch gefallenen Schnee an eine blau leuchtende Säule, kaue vor mich hin und friere mir die Zehen ab.

Abschließend drehen wir bei den Brauseboys. Hier wird einfach mitgefilmt, nur in der Pause muss ich zur Begeisterung der Zuschauer noch ein halbes dutzend Mal so tun, als käme ich gerade herein, dann sind das Arbeitszeitmaximum und die Dienstschlussuhrzeit erreicht. Zum Ende des Drehtages verabschieden wir uns herzlich voneinander – immerhin haben wir heute neun Stunden gemeinsam verbracht. »Ja, ich denke, das sollte für einen Drei-Minuten-Beitrag reichen, wenn ich noch die anderen Wedding-Leute dazunehme, die wir gestern gefilmt haben.« Ich schwöre mir, noch ein *GEZ*-pflichtiges Zweitgerät anzuschaffen.

In der Ankündigung für die Sendung lese ich schließlich: *»Man kennt den Wedding eher aus Polizeiberichten statt aus Ausflugsempfehlungen. Doch inzwischen mausert sich Berlins Norden zum kulturellen Geheimtipp für Liebhaber des Abseitigen, Schrägen und Unbekannten.«* Des Abseitigen, Schrägen und Unbekannten? Der Beitrag ist dann aber doch ganz schön geworden.

Bei meinem Libanesen

Lange Zeit war es mir eine liebe Tradition, wenn ich nachts um 2 oder 3 Uhr von einer Lesebühne nach Hause kam, zuvor beim libanesischen Imbiss im Nachbarhaus vorbeizuschauen und dort einen Shoarma-Teller mit Schafskäse und Hommus zum Mitnehmen zu bestellen, um den schönen Abend dann zu Hause beim Ansehen einer *Tatort*-Aufzeichnung ausklingen zu lassen. Die Tradition war mir sogar so lieb, dass die Menschen sich darauf einzustellen begannen. Der diensthabende Libanese erwartete mich, fragte, offenbar erfreut über die Konstanz, die ich in sein Arbeitsleben brachte, »wie immer?«, und ich musste nur nicken, konnte mich setzen und bekam noch eine Tasse Tee für die Wartezeit. Ich schätze manchmal eine gewisse Beständigkeit.

Im Sommer 2006 aber wurde das gemütliche wöchentliche Ritual empfindlich gestört. Als ich den Imbiss betrat, stand eine kleine Traube Männer vor dem Bildschirm, auf dem ein zauselig-bärtiger Turbanträger zu sehen war. Die Männer im Lokal waren spürbar erregt, konzentriert lauschten sie und wirkten dabei, als wollten sie jeden Moment aufspringen und zu einem Hundertmeterlauf starten. Das Lächeln des Shoarmawirtes wirkte fahriger als sonst, etwas unwillig löste er sich aus der Runde. Da erst wurde es mir schlagartig klar: Wir haben ja Krieg. Vielmehr: Die haben ja Krieg. Libanonkrieg. Für Libanesen vermutlich eine erheblich aufregendere Angelegenheit als für einen Gewohnheitstagesschaugucker wie mich. Ich fragte wenig intelligent, was denn los sei. Scheich Nasrallah spreche gerade, erläuterte mein

Hauslibanese, er halte eine wichtige Ansprache angesichts des Überfalls Israels auf sein Land. Ich fühlte mich merkwürdig betroffen. Plötzlich kam es mir ausgesprochen absurd vor, dass ich ein so profanes Anliegen wie ein nächtliches Mahl vom Fleischspieß vortrug, während hier offenkundig Menschen mehr oder weniger direkt mit einem Krieg zu tun hatten, überhaupt erwischte mich die Tatsache, dass eine dieser globalen Nachrichten plötzlich in mein kleines, gemütliches Berliner Leben eingedrungen war, ganz unangenehm. Ich wollte nicht ignorant wirken, also fragte ich, ob er denn persönlich betroffen sei. Plötzlich drehten sich mehrere der Männer vom Fernseher zu mir um. Seine Eltern seien am Wochenende ausgebombt worden, sagte einer, ein anderer berichtete, zwei seiner Cousins seien seit Freitag vermisst, ein Dritter hatte seit Tagen keinen Kontakt mehr in sein Heimatdorf, niemand könnte ihm etwas sagen, er wisse nicht, wie es seiner Familie gehe. Ratlos blickte ich die Männer an und sagte: »Oh.« Dann begannen sie über die verdammten Zionisten zu schimpfen, die ihr Land überfallen hätten. Vielleicht hatte ich doch ein Bier zuviel genommen, jedenfalls fühlte ich plötzlich einen unbändigen Drang in mir, den Vermittler zwischen den Parteien zu geben, für Sekunden wurde ich zum Joschka Fischer der Seestraße, peinlich und lächerlich und drehspießig zugleich, und gab diesen, nun ja, emotional gerade etwas ungeordneten Menschen zu bedenken, dass doch aber beide Parteien ihr Päckchen Schuld zu tragen hätten, dass man es sich so einfach ja nun auch nicht machen könne, dass ja schließlich alle ein Recht auf Unversehrtheit hätten und die ständige Selbstmordattentäterei ja nun auch nicht gerade von großem Friedenswillen zeuge usw. Und obwohl ich mir wirklich Mühe gegeben, obwohl ich so pastoral wie Johannes Rauh zu seinen besten Zeiten gesprochen hatte, schien ich mit meinem Anliegen nicht durchzudringen. »Israel ist allein schuld! Die Juden sind schuld! Verdammte Zionisten!«, wurde mir knapp erläutert, dann drehten sich alle wieder zum Scheich. Ich zahlte mein Shoarma und ging.

Und dachte auf dem Rest-Heimweg, dass man angesichts dieses beidseitigen Desasters doch noch einmal überlegen sollte, ob man nicht ausgerechnet Irans Präsidenten Ahmadinedschad Unrecht getan hatte, als der einige Zeit zuvor einen unkonventionellen Vorschlag zur Lösung der chronischen Nahostkrise unterbreitet hatte. Deutschland und Österreich könnten doch bitte einen Teil ihres Territoriums bereitstellen, wo man Israel neu errichten könne, so hatte er gefordert, da diese ja letztlich hauptverantwortlich für die Gründung Israels seien.

Die Aufregung in der deutschen Politik war groß, erheblich größer jedenfalls als kurz zuvor, als Ahmadinedschad lediglich die generelle Auslöschung Israels verlangt hatte. Dabei gäbe es doch wirklich interessante Möglichkeiten. Brandenburg, Mecklenburg-Vorpommern und Sachsen-Anhalt sind ja quasi schon weitgehend geräumt. Das wäre sogar ein echter Flächengewinn für die Israelis, wenn man sie dort einziehen lassen würde. Nun mag man einwenden, dass man es nun wirklich niemand zumuten könne, sich in dieser Ödnis niederlassen zu müssen. Die Israelis aber haben schließlich schon erfolgreich in der Negev-Wüste und am Toten Meer gesiedelt; da sollten sie mit der Uckermark und der Müritz auch noch fertig werden. Hübsch wäre auch der Nebeneffekt, dass die marodierenden Nazibanden dort mal eine wirkliche Herausforderung hätten, träfen sie auf schwer bewaffnete jüdische Siedler, die ihnen in mancher Beziehung doch etwas, sagen wir: Lebenserfahrung voraus haben. Und die ganzen sich links empfindenden Geopolitiker, die Möllemann-Epigonen, Antifa-Aktivisten und deutsch-arabischen Freundschaftsbändchenträger könnten mal ihre These beweisen, dass sie keinesfalls antisemitisch seien, sondern nur ein bisschen die Politik des Staates Israels kritisieren dürfen wollen. Da die üblichen Kritikpunkte ja dann quasi umgehend entfielen, könnten sie also spontan und unverzüglich friedlich mit den Juden zusammenleben und ihnen beim Neuaufbau ein bisschen unter die Arme greifen – im Haushalt zum Beispiel, genug Palästinenserlappen zum Staubwischen müssten in den Altbeständen ja noch vorrätig sein.

Falls sich dann ganz überraschend herausstellen sollte, dass die Abneigung doch gar nicht nur auf der ehemaligen Siedlungspolitik der israelischen Regierung beruhte – dann könnte Herr Ahmadinedschad uns aber auch mal einen Gefallen tun. Iran ist groß. Verdammt groß. Grob überschlagen etwa 80 Mal größer als Israel. Wenn wir also die ca. 7 Millionen Israelis bei uns aufnehmen würden, dann könnte der Iran doch im Gegenzug die geschätzten 10–20 % Antisemiten der deutschen Bevölkerung kriegen. Die würden sich schon ganz gut verstehen, denke ich, spätestens beim abendlichen gemeinsamen Schimpfen auf Amerika. Auch in Sachen Rechtsauffassung käme man wohl leicht überein: Kopf-ab-Mentalität und öffentliche Hinrichtungen sind im Iran schon hinreichend installiert, das käme unseren dann ehemaligen Landsleuten ja schon mal sehr entgegen. Einziges Problem: Im Gegensatz zu Ahmadinedschad benötigen unsere Leute dauerhafte Alkoholgaben, um die Prozesse in ihren Köpfen, die mit Denken zu bezeichnen sehr unpräzise formuliert wäre, am Laufen zu halten. Da werden die Mullahs schnell mal böse. Aber nun gut, das kann uns dann ja wirklich auch egal sein. So oder so: Das Problem würde sich letztlich zur vollständigen Zufriedenheit lösen.

So grübelte ich noch eine Weile vor mich hin. Der Shoarma-Teller jedenfalls schmeckte gut wie immer, und der Täter im *Tatort* konnte erfolgreich überführt werden.

Mich wundert es

ja kein bisschen, dass dieser ganze Kapitalismus allmählich zusammenbricht

Wir haben eine neue Hausverwaltung, und die hat eine neue Hausmeisterserviceagentur beauftragt. Hausmeisterserviceagentur – allein das Wort schon! Früher hatten wir einen Hausmeister. Der hatte einen Namen, Akshat, einen Besen und eine Frau, die immer das Treppenhaus putzen musste. Das war übersichtlich und gut. Wenn man ein Problem hatte, sagte man es Akshat, dann kramte der aus dem Kellner irgendwelche Zangen hervor, und bald darauf war das Problem gelöst.

Doch diese Zeiten sind vorbei. Die Hausverwaltung hat rationalisiert, auf dem Aushang im Flur stand tatsächlich etwas von »Effizienzsteigerung« und »Kostensenkung«, der Hausmeister ist outgesourced, und wir haben jetzt also eine Hausmeisterserviceagentur. Und dieser Hausmeisterservice funktioniert so: Bei einer »Havarie« soll man eine »Havarie-Notrufnummer« anrufen. Als es neulich sehr kalt war, hat Robert Rescue aus dem zweiten Stock das an einem Samstag mal gemacht, weil er plötzlich kein Wasser mehr hatte. Vermutlich waren die Leitungen zugefroren. Darüber habe man keine Informationen, sagte der Havarienotdienst. Deswegen rufe er ja an, sagte Robert Rescue. Ja, aber darüber habe man leider keine Informationen, sagte der Havarienotdienst, legte auf und nahm danach nicht mehr ab. Darauf duschte Rescue bei uns unten, bis die Leitungen zwei Tage später wieder aufgetaut waren.

Wenn man ein Nicht-Havarie-Problem hat, muss man jetzt der Hausverwaltung einen schriftlichen Bericht schicken, weil die Hausmeisterserviceagentur keine konkrete Person ist und immer nur mit ständig wechselnden Abordnungen diverser Bodenwischfachkräfte aus dem halb abgehängten Prekariat vertreten ist, die sich bei jedem anderen Problem für nicht zuständig erklären. Wenn man einen schriftlichen Bericht eingereicht hat, informiert die Hausverwaltung dann die Hausmeisterserviceagentur. Dann passiert lange Zeit nichts. Dann verständigt man erneut die Hausverwaltung. Dann kommt irgendwann ein Mitarbeiter der Hausmeisterserviceagentur vorbei und will das Problem sehen.

Bei meinem Erstkontakt war das Problem ein defektes Haustürschloss. Okay, wir hätten es einfach auf eigene Faust lösen können, wie sonst immer, mit dem netten Schlüsseltürken von gegenüber, der so kleine Probleme schnell, billig und zuverlässig erledigt. Der nette Schlüsseltürke hatte aber Urlaub, und irgendwie fanden wir auch, dass das Sache der Hausverwaltung war, also stand bald der Hausmeisterserviceagenturmitarbeiter vor meiner Tür und erkundigt sich nach dem Problem, das ich zuvor schon schriftlich der Hausverwaltung dargelegt hatte. Das Problem bestand darin, dass man, wenn man die Tür von innen zuschloss, sie anschließend nur mit Mühe und Glück wieder aufgeschlossen bekam. Von außen dagegen war alles in Ordnung. Der Hausmeisterserviceagenturmitarbeiter schaute mich übellaunig an. Wo denn da das Problem sei, fragte er. Ich setzte an, es ihm erneut zu erklären, aber er unterbrach mich: »Dann schließen Sie halt einfach von innen nicht ab.« Das ist ja nun wirklich meine eigene Entscheidung und ging ihn gar nichts an, aber man will ja auch nicht immer so elitär rüberkommen, wie ich in Wirklichkeit selbstverständlich bin, deshalb also erläuterte ich, dass wir einen kleinen

Sohn haben, der inzwischen alt genug ist, selbstständig aus seinem Bettchen auszusteigen und Türen zu öffnen, und wenn der mal nachts wach wird, dann wollen wir einfach nicht, dass er durch die Wohnungstür entschwindet und nach gegenüber in den *See-Tank* läuft, weil da immer so interessante Geräusche rauskommen, während wir tief und fest schlafen. Der Hausmeisterserviceagenturmitarbeiter schaute mich misstrauisch an. Er dachte nach. Hätte mich nicht gewundert, wenn er sich mit dem Finger von allen Seiten die Nase gerieben hätte, um dann laut »Ich hab's!« zu rufen. Aber schließlich präsentierte er genau die Ich-hab's!-Mimik und verkündete stolz:

»Na ja, dann schraubense doch einfach 'n Riegel an die Tür, janz oben, wo der Kleene nich ran kann.«

Zugegeben, ein bestechender Plan. Ich persönlich fand aber dennoch die Variante einfacher, die Hausverwaltung schickte einfach jemand, der ein neues, vollständig funktionstüchtiges Schloss einbaut. Er wirkte leicht verärgert, als ich ihm das mitteilte, denn ganz offensichtlich war das für ihn mit Arbeit verbunden. Nämlich mit Folgender: Unter »Na ja, wennset unbedingt so wolln«-Gegrummel zückte er jetzt eine Digitalkamera, positionierte sich konzentriert vor unserer Tür und drückte dann ab.

»Was machen Sie denn da?«, fragte ich verblüfft, und nicht zu Unrecht antwortete er unwirsch:

»Das sehnse doch wohl, ich knipps hier ma dit Schloss, wa.«

»Aber wozu?«

»Damit ich das an den Problembericht hängen kann.«

»Aber wozu? An dem Schloss sieht man doch gar nichts. Es sieht aus wie ein ganz normales Schloss. Es schließt nur nicht wie ein ganz normales Schloss.«

»An den Problembericht gehört ein Foto.«

Der Hausmeisterserviceagenturmitarbeiter behauptete, er werde bald schon einen Bericht anfertigen, sein Foto anhängen und das alles an die Hausverwaltung senden, die dann wiederum sicherlich einen Schlosser beauftragen würde, der sich anschließend bei mir melden wird. Dann ging er zurück in seine Hausmeisterserviceagentur.

Zwei Wochen später war der Schlüsseltürke längst aus seinem Urlaub zurück, und mehrfach fühlte ich mich versucht, ihm einfach die 20 Euro in die Hand zu drücken und somit das Problem endlich zu lösen, aber in mir keimte eine ins Perverse lappende Lust, das verdammte Schloss von der verdammten Hausverwaltung repariert zu bekommen. Die Hausverwaltung hat ausgesprochen abwegige Sprechzeiten von zusammengerechnet sechs Stunden in der Woche, die sie nach einem irren System lustig über die Wochentage verteilt hat und während der sie im Regelfall auch nicht zu erreichen ist, mit dem Unterschied, dass während der Sprechzeiten anders als sonst immerhin die nervige Bandansage, die auf die Sprechzeiten verweist, nicht anspringt. Ich habe mir einen kleinen Stundenplan angefertigt, der über meinem Monitor hängt, so kann ich immer, wenn eine der raren Gelegenheiten anbricht, sofort versuchen, die Hausverwaltung zu erreichen. Bei jedem etwa fünften Anlauf klappt das auch. Weniger gut organisierte Nachbarn, mit denen ich darüber spreche, sind neidisch. Ihre Quoten sind schlechter.

Der Hausverwaltungsmitarbeiter sagte, dass er den Hausmeisterserviceagenturmitarbeiter mal fragen werde, wo der Bericht blieb. Beim nächsten Mal sagte der Hausverwaltungsmitarbeiter, er habe den Bericht jetzt erhalten und werde bald schon einen Schlosser beauftragen, sich mit mir in Verbindung zu setzen. Beim nächsten Mal sagte der Hausverwaltungsmitarbeiter, er werde beim Schlosser mal nachfragen, damit dieser sich auch wirklich mit mir in Verbindung setze. Beim nächsten Mal sagte der Hausverwaltungsmitarbeiter, der Schlosser habe gesagt, er habe mich nicht erreicht, als er versucht habe, mich zu erreichen, aber er werde ihn beauftragen, es bald mal wieder zu versuchen.

Sechs Wochen nach Meldung des Falls war es dann so

weit. Der Schlosser rief an. Wir vereinbarten einen Termin. Der Schlosser kam. Er begrüßte mich überschwänglich. Es war der Schlüsseltürke. Er lachte, baute ein neues Schloss ein, reparierte gleich noch den tropfenden Wasserhahn im Bad für umsonst mit und sagte, beim nächsten Mal solle ich ihn doch einfach wieder direkt verständigen, er mache mir einen Sonderpreis, und dann ginge es bestimmt auch viel schneller. Ich nickte ergeben.

Wie ich einmal fast zum Steuerflüchtling geworden wäre

Wenn man früher verreist ist, war man einfach weg. Ich erinnere mich noch gut daran, was für eine bemerkenswerte Operation es bei meinen ersten Exkursionen nach Mexiko oder Ecuador war, auch nur so etwas wie ein Lebenszeichen nach Hause zu übersenden. Von normalen Telefonzellen aus war das praktisch unmöglich, weil die maximal mögliche Einwerfgeschwindigkeit der höchsten Sucre-Münzen deutlich unter dem Bedarf des Gerätes in derselben Zeitspanne lag. Blieben nur die *casas telefonicas*, in denen ratlose *telefonistas* erst umständliche Erkundigungen einziehen mussten, wie man so eine internationale Verbindung überhaupt herstellt, bevor man dann irgendwann tatsächlich in eine der Kabinen und telefonieren durfte. Es rauschte so laut, als mischte sich der dazwischen liegende Atlantik ungefragt in die Konversation, und am Ende musste man eine Geldsumme abgeben, für die man im Land normalerweise gut eine Woche leben konnte. Und dabei hatte man nur kurz durchstenographiert, dass man noch lebe und wo man sich befindet.

Alles Geschichte. Heute gibt es selbst im letzten patagonischen Außenposten der Zivilisation ein *locutorio* oder *telecentro,* in dem man sich einfach in eine kleine Kabine seiner Wahl setzt, ganz normal die Nummer wählt, eine Verbindung hat, als würde man zu Hause mit dem Nachbarn sprechen, und am Ende kostet das Ganze ein paar müde Pesos, für die man kaum ein Bier bekäme.

(Bizarrerweise aber übrigens nur nach Europa. Telefoniert man von Argentinien z.B. in das Nachbarland Bolivien, kostet es dagegen gleich das x-fache vom Tarif nach Deutschland. Wunder des globalen Kapitalismus.) Und gleich im Anschluss setzt man sich an einen der zahlreichen bereitstehenden Computer, gern auch mit WLAN, und ruft seine Mails ab.

Man kann die Dinge ja nicht zurückdrehen, so ist das nun mal. Aber manchmal sehne ich mich doch nach den alten Zeiten zurück, als man am anderen Ende der Welt noch wirklich aus der Welt war, jedenfalls aus seiner eigenen. Heute kann ich bequem von unterwegs täglich Mail-Konversationen führen, weiß über das Internet sogar über die tagesaktuellen Überfälle im Soldiner Kiez Bescheid und kann zu jeder Zeit mein Konto sorgenvoll betrachten, mitten aus dem Chaco oder einem abgelegenen Andental. Oder am Río Paraguay.

Dort saß ich angenehm in der Sonne, als ich meine Mails abrief, einen der vorzüglichen argentinischen Espressos vor mir, und ungläubig die Botschaften aus dem fernen Europa las. Schöne Grüße aus der Heimat, wünschte mein Verleger mir, er hoffe, es gehe mir gut, bei ihm sei auch alles okay, ach ja, im Übrigen ermittele die Steuerfahndung gegen mich, wegen Steuerhinterziehung, vielleicht sollte ich mich mal bei denen melden.

Ich glaube, das sind so Nachrichten, die man nicht unbedingt lesen will, wenn man gerade durch die Chaco-Wälder reist, um ein paar Lanzenottern und Leguane zu fotografieren. Die Steuerfahndung also. So, so. Die halten mich jetzt wohl für einen Steuerhinterzieher. Wieder ein Fall mehr für die Kriminalstatistik im Wedding. Na, da werden die sich ja bestimmt freuen, wenn ich ihnen jetzt eine Mail aus Südamerika schicke. »Schöne Grüße vom Rio Paraguay«, könnte der Betreff lauten, dahinter so ein Grinsesmiley, der mit dem Zwinkerauge.

Andererseits – versonnen blickte ich auf die andere Seite des Flusses, keine zehn Minuten über die nächste

Grenzbrücke entfernt –, nicht umsonst hat Paraguay den Ruf als *die* Drehscheibe für Untergetauchte in Südamerika. Nirgendwo soll es leichter sein, mit einem neuen Pass und einem neuen Leben anzufangen. Und schön warm ist es auch. Ein kurzer Blick auf die Seite der Berliner Sparkasse und mein Konto – hach, so ein Neuanfang, der hätte schon wirklich was für sich. Noch ein letzter sehnsüchtiger Blick auf die Brücke – aber ich bin ja doch eher so eine treue Seele.

Die Steuerfahndung. Vielleicht habe ich diese Sache damals doch einfach nicht ernst genug genommen.

*

Bürokram ist mir ein Grauen. Nicht das Sitzen am Schreibtisch und Arbeiten am Rechner, das mache ich gern. Aber Unterlagen sortieren, abheften, Formulare ausfüllen – da gehöre ich zu der großen Bevölkerungsschicht, die bei so was unverzüglich die Krätze kriegt. Und ich bin ein großer Prokrastinator. Also so einer, der die unvermeidlichen doofen Dinge aufschiebt und sich dafür zwanghaft mit irgendwas anderem beschäftigt. Ich habe schon ganze Bücher geschrieben, nur um keine Steuererklärung machen zu müssen. Was erzähle ich Ihnen, Sie lesen ja gerade eines davon. Drei Mal immerhin aber hatte ich mir in einem beispiellosen Akt der Selbstdisziplin so eine Steuererklärung abgepresst. Das war in den Jahren 1997 bis 1999, die gingen mit null aus, danach war ich erschöpft. So erschöpft, dass ich nicht mehr machen konnte, als alle Belege, Rechnungen und Zettelchen, die sich seither ansammelten, in irgendwelche Schuhkartons oder auf kleine Häufchen zu legen, im festen Vorsatz, mich bald mal darum zu kümmern, wenn ich nur erst mal noch diesen einen Text fertig geschrieben habe. Oder diesen anderen. Das Finanzamt Wedding schickte mir ein Erinnerungsschreiben mit einer Frist. Taktisch ganz unklug, das sollte man denen mal sagen.

Eine Frist! Große Erleichterung. Da hatte ich ja noch ordentlich Zeit!

Leider neigt sich auch die schönste Frist irgendwann dem Ende zu, die Lage auf den Stapelchen war noch unübersichtlicher geworden, und jetzt passte es zeitlich gerade wirklich nicht, da blieb nur ein Ausweg: Antrag auf Fristverlängerung. Uff, Glück gehabt, das Finanzamt zog mit. Also eine neue Frist. Super. Erst mal ordentlich Zeit. Da konnte ich mich ja vorher noch diesem Buchprojekt zuwenden ... So ging das exakt drei Mal, dann wurde es mir zu blöd. Noch eine Fristverlängerung mochte ich nicht erbitten, diesmal musste es wirklich was werden. Unaufhaltsam rückte der Stichtag näher, aber nun nahte gleichzeitig auch der Termin für den nächsten Feldaufenthalt in Südamerika, ach, auf die paar Tage wird's schon nicht ankommen, ich mach das sofort, wenn ich wieder zurück bin. Zwei Wochen nach Fristablauf war ich wieder zu Hause, guckte ängstlich den Postberg nach einer empörten Botschaft vom Finanzamt durch – nichts. Puh, Glück gehabt. Hatte ich es mir doch gedacht, so eilig war es nun auch wieder nicht. Super, dann konnte ich das ja gleich nächste Woche erledigen. Ziemlich genau diesen Satz, nämlich: »Super, dann kann ich das ja gleich nächste Woche erledigen«, dachte ich dann noch einige Monate lang praktisch täglich, wenn ich den Briefkasten aufmachte. Dann lag im Mai plötzlich wirklich ein Schreiben vom Finanzamt darin – mit der Bitte um Abgabe der Steuererklärung 2001. Kein Wort mehr von 2000. Das überraschte mich nun doch etwas. Andererseits: umso besser. Wenn das bei denen durchgerutscht war, dann würde ich jetzt einfach gleich beide in einem Aufwasch machen, also 2000 und 2001, und sie zusammen abgeben, dann gäbe es bestimmt keine Säumniszuschläge oder so was. Und eine ordentliche Frist gab es ja praktischerweise auch.

So ging das bis 2004. Immer dasselbe: Fristen, Fristverlängerungen schließlich bis zum Jahreswechsel, dann gespenstische Ruhe und im Folge-Mai: neues Jahr, neues Glück. Mein Vorsatz, alle Erklärungen auf einmal abzugeben, wuchs fast ebenso sehr wie die Zettelstapel mit den ganzen Unterlagen. Als ich routinemäßig im Mai 2004 die Aufforderung zur Abgabe der Steuererklärung für 2003 aus dem Briefkasten fischen wollte, griff ich ins Leere.

Auch im Juni – nichts. Danach: Fehlanzeige. Das Finanzamt hatte mich verstoßen. Verbittert und enttäuscht von meinen leeren Versprechungen, wurde ich mit Zuwendungsentzug gestraft. Ich hatte es nicht besser verdient. Ich wurde sehr traurig. Wenn nicht mal mehr das Finanzamt einem schreiben will, ist man schon ganz schön tief gesunken. Aber ich würde alles wieder gutmachen. Auf einen Schlag würde ich die Erklärungen 2000 bis 2004 fertigstellen und strahlend in der Osloer Straße mit einem kleinen Gabelstapler samt der inzwischen bedrohlich zugestaubten und sich neigenden Altpapierbelegberge. 2005 dann wurde ich misstrauisch. Wieder nichts. Ich seufzte tief, nahm allen Mut zusammen und rief beim Finanzamt an.

*

Ich: Guten Tag, also ich wollte, äh, ich meine, also ich glaube, ich müsste mal wieder eine Steuererklärung abgeben ...

Sachbearbeiterin für den Buchstaben W: Na prima, das ist doch ein Wort. Dann tun sie das doch einfach.

Ich: Nun ja, also, ich meine, ich glaube, ich meine, ach: Ich fürchte, ich bin da etwas zu spät.

W: Ach, na ja, das kann ja schon mal passieren, und wenn Sie sich sogar selbst melden, also, wir sind hier ja auch alle Menschen, wissen Sie, wichtig ist ja nur, dass Sie das schließlich machen, also, da machen Sie sich mal keine Sorgen.

Ich: Äh, nun ja, also – na ja gut, wenn Sie meinen ...

W: Ja, klar, das macht doch gar nichts. Meine Güte, ein bisschen Verspätung, was glauben Sie, was wir hier so alles erleben ...
Ich: Äh, nun ja, also – also, es geht um das Jahr 2000.
Schweigen am anderen Ende.
Ich: Und um 2001. Und 2002. Und 2003. Und 2004 dann ja wahrscheinlich auch wohl.
Immer noch Schweigen. Tiefes Durchatmen.
Ich: Hallo? Sind Sie noch da?
W: Wie war noch gleich ihr Name?
Ich: Werning. Heiko Werning. Steuernummer blablabla
Klackern, Rascheln, Klackern, Seufzen, Klackern, Seufzen, Seufzen, Klackern, erleichtertes Aufatmen
W: Herr Werning, ja. Na, aber sie sind doch gar nicht veranlagt!
Ich: Was?
W: Sie sind nicht veranlagt!
Ich: Wofür bin ich nicht veranlagt?
W: Was?
Ich: Veranlagung! Was für eine Veranlagung meinen Sie denn?
W: Na, eben keine Veranlagung. Sie sind nicht veranlagt.
Schweigen auf beiden Seiten. Ich bin irritiert. Was denn um Himmels Willen für eine Veranlagung? Wovon spricht die Frau?
Ich: Was bedeutet das denn: »nicht veranlagt«? Also, ich meine, so steuerlich.
W: Na ja, dass Sie eben nicht zur Steuer veranlagt sind. Sie müssen also gar keine Steuererklärung abgeben.
Was für eine honigsüße Stimme! Welch Elfe dort in der Osloer Straße! Welch Weddinger Nachtigall, die dort durch das von außen so unwirtlich aussehende Finanzamt schwebt! Aber irgendetwas lässt mich misstrauisch bleiben.
Ich: Aber – ich sollte doch immer Steuererklärungen abgeben. Wieso denn jetzt plötzlich nicht mehr?

Ich bemühe mich, nicht allzu beleidigt zu klingen, und stelle erstaunt fest, dass es mir nicht vollständig gelingt. Irgendwie ärgert es mich doch etwas. Was soll das denn überhaupt heißen, nicht veranlagt? Wieso wollen die ausgerechnet von mir keine Steuererklärung mehr? Trauen die mir nicht zu, dass ich auch mal ein bisschen was verdiene? Was halten die überhaupt von mir? Offenbar nicht viel, denn jetzt flötet Frau W.:

W: Also, wir haben hier so ein paar Informationen über ihre, äh, Tätigkeiten, da kommt doch eh nichts bei rum. Deswegen haben wir sie auf »nicht veranlagt« gestellt. Außerdem studieren Sie doch noch?

Ich: Äh, na ja, also – ich bin schon noch eingeschrieben. Aber wirklich studieren tu ich eigentlich schon lange nicht mehr ...

W: Und Sie haben keinen Abschluss?

Ich: Nein, ich sagte doch gerade ...

W: Hören Sie mal, Herr Werning, das geht doch nicht! Sie brauchen unbedingt einen Abschluss! Mensch, geben Sie sich mal einen Ruck, gehen Sie zur Uni, bringen Sie das zu Ende ...

Ich: Na ja, aber ich ...

W: Hören Sie, wenn Sie mein Sohn wären, also, Sie sind ja nicht mein Sohn, aber meinem Sohn, dem habe ich immer gesagt: Hauptsache, du hast einen Abschluss. Das ist so wichtig heute. Sie brauchen doch einen Abschluss!

Au weia, seit meine Mutter vor ca. 5 Jahren aufgehört hat, auf ein Diplom von mir zu hoffen, hat mich ja niemand mehr so in die Mangel genommen. Ich spüre mein schlechtes Gewissen und fühle mich wie ein kleiner Junge. Frau W. sieht das offenbar ähnlich:

W: Hören Sie mir mal gut zu, es geht mich ja nichts an: Aber Sie sollten sich jetzt dringend um ihren Studienabschluss kümmern, glauben Sie mir ...

Ich: Aber ich will in der Richtung doch gar nichts machen! Ich arbeite doch in ganz anderen Bereichen ...

W: Na, was denn, »arbeiten«? Sie meinen ja wohl nicht Ihre, äh: Tätigkeiten da, also mit diesen Tieren und diesen Geschichten, oder? Mensch, Herr Werning, wir haben Sie sogar auf »nicht veranlagt« gestellt, das wird doch nie was. Machen Sie mal Ihren Abschluss, dann verdienen Sie auch Geld, und dann können Sie auch eine Steuererklärung abgeben.

Gut, das hatte hier offenkundig keinen Sinn. Ich musste das Gespräch in eine andere Richtung lenken.

Ich: Ich werde darüber nachdenken. Aber was machen wir denn jetzt mit diesen Steuererklärungen?

W: Na, ich sagte doch schon, Sie sind auf »nicht veranlagt« gestellt.

Ich: Aber ich verdiene doch Geld. Nur halt nicht so viel, dass ich nach Abzug aller Kosten noch über diesen Freibetrag käme, glaube ich jedenfalls. Müsste ich dann nicht trotzdem so eine Steuererklärung einreichen?

W: Natürlich müssten Sie das.

Ich: Aha?

W: Aber ich an Ihrer Stelle würde das nicht tun. Das macht doch unglaublich viel Arbeit, und Sie sind doch auf »nicht veranlagt« gestellt. Nutzen Sie die Zeit lieber, um Ihr Studium abzuschließen. Wissen Sie, was ich meinem Sohn immer gesagt habe ...

Ich bin eigentlich nicht zur Unhöflichkeit veranlagt, aber allmählich reicht es mir. Ich unterbreche sie so sanft wie möglich:

Ich: Ich soll also keine Steuererklärung abgeben?

W: Sie sind auf »nicht veranlagt« gestellt.

Ich: Aber früher war ich doch veranlagt.

W: Ja, das ist ein bisschen ungewöhnlich. Aber nun, jetzt sind Sie es halt nicht mehr.

Ich: Und wenn ich Geld verdiene?

W: Na, sobald Sie über die Freibeträge kämen, müssten Sie das natürlich schon machen.

Ich: Na ja, ich glaube, dass ich da bislang nicht drüber gekommen bin.

W: Na also. Ist doch praktisch.
Ich: Können Sie mir das dann bitte schriftlich geben?
W: Was?
Ich: Na, dass ich nicht veranlagt bin und deshalb keine Steuererklärung abgeben muss?
W: Nein, das geht nicht.
Ich: Aber wieso denn nicht?
W: Dann müsste ich das ja vorher prüfen. Und dafür müssten Sie eine Steuererklärung abgeben.
Ich: Also doch?
W: Sie sind nicht veranlagt.
Ich gebe auf. Immerhin scheint sie die Frau zu sein, die meine Erklärung hinterher prüfen müsste. Und gegen ihren ausdrücklichen und mehrfachen Rat dann doch dieses Chaos einzureichen, ob das wirklich taktisch klug wäre – ich weiß ja nicht. Außerdem habe ich Angst, dass sie bei mir zu Hause vorbeikommt und mich zur Uni schleift. Ich bedanke mich also höflich, erhalte zum Abschluss nochmals den dringenden Rat, meinen Abschluss zu machen, dann lege ich auf. Ratlos starre ich auf meine Beleg- und Rechnungsberge. Ich trau der Sache nicht. Ich denke, ich werde das demnächst trotzdem mal erledigen, irgendwie fühle ich mich dann besser. Ist ja offenbar zum Glück noch nicht ganz so dringend. Aber vielleicht nächste Woche, da habe ich Zeit.

Nachbarschaftshilfe

Ein angenehmer Sommermorgen. Ich sitze entspannt in unserem Hinterhofgärtchen und genieße die Sonnenstrahlen, die auf das dritte und vierte Stockwerk des Hauses gegenüber fallen. Aus einem Fenster tönt lautstark orientalische Musik, aus einem anderen deutscher Schlager. Der Sound des Sommers. Mein zweijähriger Sohn Wilko sitzt im Sandkasten und buddelt vor sich hin, die perfekte Idylle.

Plötzlich raschelt es hinter mir, und der aktuelle und vermutlich wie immer nicht lang amtierende Inhaber der erwachsenen männlichen Stelle in der tief im abgehängten Prekariat verwurzelten Hinterhofgartennachbarsfamilie lugt über die Hecke. »Hey, kannste mir mal einen Gefallen tun?«

»Worum geht's denn?«

»Könnteste kurz auf die Kinder aufpassen? Die Olle ist im Moment nicht da, und ich muss mal eben vor der Polizei flüchten.«

Obwohl das durchaus nach einer plausiblen Begründung klingt, bin ich doch etwas irritiert. »Super, danke!«, sagt mein Nachbar, ehe ich etwas antworten kann, »ich muss mal los, die brechen gerade die Tür auf. Das Baby liegt hinten im Esszimmer, ein Fläschchen steht noch an der Spüle.«

Im nächsten Moment sprintet er zu dem immerhin gut zwei Meter hohen Gusseisenzaun, der unseren Hinterhof von dem des Nachbarhauses trennt, hüpft mit einem eleganten Satz hinüber und rennt durch den Torbogen Richtung Ausgang zur Querstraße. Der ist weg. Ich blicke erst mal über die Hecke in Nachbars Garten. Dahinter stehen drei etwas verstört wirkende kleine Kinder im Alter zwischen geschätzt zwei und sechs. Aus der Wohnung dringt Babygeschrei. »Bist du jetzt unser neuer Papa?«, will die Größte wissen. Verdammt. Es ist kurz vor elf, in Bälde müsste eigentlich Freund Hinark Husen eintreffen, der heute den Babysitter für Wilko machen soll. Bis dahin musste ich die Situation irgendwie allein unter Kontrolle halten.

»Los, Wilko, wir müssen da mal rüber«, sage ich zu meinem Sohn, der aber den Sandkasten nicht verlassen will und zu schreien anfängt. Das scheint sich psychisch destabilisierend auf den Jüngsten von gegenüber auszuwirken, denn jetzt fängt es hinter der Hecke auch an zu heulen. Und wie soll ich überhaupt über oder durch diese verdammte Hecke kommen? Die Blagen von nebenan spielen öfter mal bei uns im Garten, also frage ich die Älteste, wie sie eigentlich immer herkommen. »Ich zeig's dir!«, ruft sie erfreut. Dann kommt sie auf allen Vieren unter einem Busch direkt am Zaun zu mir rübergekrochen. »Hier, ist ganz einfach!« Verdammt, da pass ich nicht durch. »Okay, das geht so nicht«, informiere ich die Kleine, die einigermaßen verständig wirkt. »Pass auf, ich gehe mit Wilko jetzt außen rum, über die Seestraße. Ich klingle bei euch, und du lässt uns dann rein, okay?« Sie schaut mich nachdenklich an. »Aber vor die Haustür hat Papa doch das Sofa und die Kommode geschoben, wegen der Polizisten.« Das hatte ich nicht bedacht. Jetzt fängt auch die Mittlere an zu heulen, das Geschrei wird langsam infernalisch und bessert sich nicht, als ich Wilko gegen seinen Willen aus der Sandkiste hieve und durch das Loch in der Hecke drücke. Im dritten Stock öffnet sich ein Fenster: »Ey, was ist denn das für'n Alarm da unten? Andere wollen noch schlafen, so früh am Morgen!«, brüllt Hoppe zu uns runter, eine gute Gelegenheit, ihn darauf hinzuweisen, dass er nicht immer seinen Staubsaugerbeutel aus dem Fenster in unseren Garten werfen soll. »Oh, 'tschuldigung«, ruft er, »dann sind wir jetzt ja quitt.« Er macht das Fenster zu, na also. Aber es muss trotzdem was geschehen. Drei aus Leibeskräften schreiende Kleinkinder und ein hysterisches Baby sind vielleicht ein bisschen viel für die Nachbarschaft, morgens um elf. Nicht, dass Robert Rescue noch wach wird. Also quetsche ich mich irgendwie durch das Loch, der Busch muss einige Äste lassen und ich einige Kratzer einstecken, aber dann geht es doch. Das Baby schreit jetzt schon ziemlich, und außerdem hört man das Geklopfe und Gedröhne von der Tür, meine Güte, was brauchen die da eigentlich so lange, die Bullen? Die Kinder beruhigen sich allmählich wieder, jetzt müsste ich nur noch die Flasche ins Baby stecken, dann herrschte wenigstens erst mal wieder Ruhe. Allerdings – wie soll ich da reinkommen? »Wo ist denn die Tür zu eurer Wohnung?«, frage ich verblüfft. »Welche Tür?«, fragt die Große zurück, »wir klettern immer durchs Fenster.«

Hoffentlich kriegen sie ihn, meinen Nachbarn, denke ich innerlich fluchend, und buchten ihn schön lange ein. Also gut, jetzt werde ich ja auch noch irgendwie durch dieses Fenster kommen. Ist so hoch zum Glück ja nicht. Während ich mich also durch den Fensterrahmen schiebe, knallt es beachtlich, ein großes Geschiebe und Geknarze – aha, die Polizisten haben offenbar die Tür aufgebrochen und schieben jetzt die Möbel weg. Ich aber kann mich nicht wegschieben. Ich hänge irgendwie fest. Wie unangenehm. »Was machst du denn da?«, fragt das große Mädchen draußen. »Halt die Klappe«, antworte ich pädagogisch wertvoll. Ein paar Momente später stehen zwei der Herren in Grün vor mir, während ich immer noch im Fenster hänge, mit einem Bein im Rahmen und einem Bein draußen.

»Halt!«, brüllt einer der Bullen und zieht allen Ernstes seine Waffe, »bleiben Sie stehen!«

»Ich stehe nicht, ich liege«, blaffe ich ihn an. Manchmal glaube ich direkt, ich habe mich doch ganz gut eingelebt hier in den letzten siebzehn Jahren. »Können Sie nicht mal helfen?«

Er beäugt skeptisch die Situation. Immerhin scheint er mich vorerst als ungefährlich einzustufen und steckt die Knarre wieder ein. »Was machen Sie denn da?«

»Ich versuche, hier reinzukommen!«, antworte ich wahrheitsgemäß. Er guckt noch misstrauischer.

»Und warum, wenn ich fragen darf? Sind sie nicht eben noch vor uns weggelaufen?«

»Nein, ich bin nur der Babysitter!«

Das Baby schreit weiter aus vollem Halse, das scheint ihn zu überzeugen. Er reicht mir die Hand, zieht kräftig, und schon bin ich drin. Die Kinder draußen lachen laut. Es ist ja so einfach, denen eine Freude zu machen.

Während ich mir die Flasche greife und dem Baby gebe, aufmerksam beäugt vom zweiten Polizisten, klettert der Kollege zu den Kindern nach draußen. Sehr gut, mit Waffengewalt werden wir die schon gebändigt bekommen. Er guckt sich etwas hilflos um, und offenbar geht ihm auf, was passiert ist. Man hört ihn leise fluchen, dann beginnt er mit der Besteigung des Zauns. Das sieht schon weit weniger elegant aus als bei meinem Nachbarn, unbeholfen bleibt er oben kurz hängen, na also, ich grinse zufrieden: »Was machen Sie denn da?«, rufe ich ihm noch zu. Revanche geglückt. Die Kinder kugeln sich vor Lachen. Der Polizist landet im Nachbarhof und macht sich auf in Richtung Nebenstraße. Nun klettert auch der zweite Polizist in den Garten, um sich ein Bild der Lage zu machen.

Im nächsten Moment ertönt ein großes Geraschel – Hinark quetscht sich durch die Hecke. Der Polizist zückt sofort wieder seine Waffe, Hinark quiekt: »Hilfe, ich bin doch nur der Babysitter!«

Verwirrt guckt der Polizist zwischen uns hin und her: »Was'n jetzt, wolln'se mich verarschen, oder was?«

»Nein«, versuche ich zu erklären, »ich bin nur hier, äh,

aushilfsweise der Babysitter bei meinem Nachbarn. Und das hier«, ich zeige auf Hinark, »ist halt der Babysitter, der auf mein Kind«, ich zeige auf Wilko, »aufpassen soll.«

»Weil sie keine Zeit haben, sich selbst um das Kind zu kümmern«, schlussfolgert der Polizist durchaus richtig.

»Genau!«, bestätige ich.

»Weil Sie ja auf die Kinder vom Nachbarn aufpassen müssen.«

»Nein, eigentlich nicht, also ... ach!« Er glaubt uns eh kein Wort. Ich sehe uns alle schon den ganzen Tag auf der Polizeiwache verbringen, da kommt Frau Nachbarin rein: »Was ist denn hier los?«

»Mama! Mama!«, kreischen die drei Fremdkinder, ich drücke ihr das Baby in die Hand und informiere sie: »Ich hab nur kurz auf die Kinder aufgepasst. Dein Freund hatte, äh, zu tun.« Sie schaut sich kurz um und scheint die Lage sofort zu erfassen.

»Das ist schon okay, das sind nur die Nachbarn«, erläutert die Frau jetzt dem Polizisten. »Sie wolln zu meenem Typen, wa? Der is bestimmt wieda hinten übern Zaun. Den kriegn'se nich mehr, der ist erstaunlich fix, wenn er mal muss. Sonst kriegta'n Arsch nich hoch, aber wenn die Bullen hinter'm her sind, dann rennta wie'n Weltmeista, die Pfeife. Was hatta'n nu scho wieda ausjefressen?«

Den Nachbarn treffe ich eine Woche später auf der Seestraße. »Ey, besten Dank noch wegen neulich, wa!«, ruft er mir zu, als ich vorbei gehe, »war nur'n kleines Kreditproblem, verstehste? Hättense drei Tage gewartet, hätt ich ja alles bezahlt, aber so musste ich mir halt 'n bisschen verdünnsieren, wa?« Ich nicke verständnisvoll.

Das Kind spricht nicht

»Wie alt ist er denn?«
Die ältere Dame schaut mit diesem typisch verzückten Blick der spontanen kindbedingten Vollverblödung auf meinen Sohn. Ich ahne, was jetzt kommt. Ich antworte schicksalsergeben:
»Gute zwei Jahre.«
»Oh.«
Der verzückte Blick weicht einem Ausdruck tiefer Betroffenheit. Ein bisschen so, als hätte ich ihr mitgeteilt, der Kleine habe Krebs und wird es wohl nicht mehr lange machen.
»Aber dann müsste er doch schon längst sprechen?«, kommt es wie erwartet.
Müsste er aber nicht. Er muss mit achtzehn wählen können, das muss er. Und den Weg dahin, den werden wir uns schon irgendwie einteilen.
Ich meine: Er kann durchaus ein paar Worte. Er kann »heiß« sagen und »Leguan«, »Gurke« und »Gaucho« und »Krokodil«. Das waren, neben Mama und Papa, in genau dieser Reihenfolge seine ersten fünf Wörter, und ich finde, das ist eine schöne Auswahl. Seit unserer Patagonienreise kann er außerdem in verblüffender Perfektion einen Magellanpinguin imitieren, zudem weiß er, wie der Hund macht und das Schaf, das Guanako und der Wal, und schließlich kann er züngeln wie eine Schlange. Ich meine, damit ist er für die erste Zeit im Wedding hinreichend gewappnet.
Und nur, weil die Mehrheit der Gören einem in diesem

Alter schon mit sinnlosem Gewäsch die Ohren voll sabbelt, muss er das doch noch lange nicht machen. Ich gebe mich ja gar nicht der Illusion hin, dass er dieses furchtbare Stadium überspringt und dann einfach in ein paar Jahren mit ein paar hörenswerten Beiträgen zur Sicherung der Energieversorgung im 22. Jahrhundert einsteigt, nein, aber es ist doch so: Selten erfährt man von Menschen, die nicht zu reden lernen, also ohne plausiblen Grund wie abgeschnittene Zunge oder Gehörlosigkeit, und beides kann zum jetzigen Zeitpunkt bei dem Kleinen ausgeschlossen werden. Seien wir ehrlich: Nie hört man davon. Alle, wirklich alle fangen irgendwann an damit. Und ich finde nicht, dass das eine besonders beruhigende Tatsache ist. Ich meine: Wäre die Welt nicht um Längen erträglicher, wenn der ein oder andere auf die Ausübung dieser Fähigkeit einfach verzichten würde? Fehlt es uns denn wirklich ausgerechnet an Gerede, Gebrabbel, Gesabbel, an Geschimpfe und Genöle?

Mangelt es etwa an Gesprächen über das Wetter oder über die da oben oder über die da nebenan? Vermissen wir es wirklich, wenn uns nicht noch einer erklärt, warum Frauen länger telefonieren und schlechter Auto fahren und lieber einkaufen gehen und Männer sich schlecht benehmen und einfach nicht so über ihre Gefühle sprechen können? Ist es schlimm, wenn einer nicht mitschnaubt, dass die Bahn ja immer zu spät kommt und ihre Bediensteten kein ganz so tolles Oxford-Englisch sprechen? Fehlt es an noch mehr Beschwerdeführern, die sich als die Melkkühe der Nation bezeichnen, nur weil sie Auto fahren und gefälligst wenigstens einen Teil der Kosten, die sie dadurch verursachen, auch bezahlen sollen? Haben wir wirklich schon zu lange nicht mehr gehört, dass alles immer teurer wird und der Euro ja in Wirklichkeit ein Teuro gewesen ist? Dass die Politiker faul sind und zuviel Diäten beziehen und ja doch keine Ahnung von dem haben, was der kleine Mann so denkt, obwohl man nicht nur taub, sondern auch blind, blöd und analphabetisch zugleich sein müsste, um nicht den ganzen Tag lang erfahren zu müssen, was der kleine Mann so denkt, weil praktisch alle Medien genau das den ganzen Tag in die Welt rauströten – aber sonst sagt es ja keiner? Herrscht denn Mangel an der Aussage, dass alles immer schlimmer wird und die Jugend immer gewalttätiger? Fehlt uns diese Feststellung vor allem von Leuten, die selbst als Jugendliche noch mit der Flak um sich geballert und mal eben kurz weggeguckt haben, als ihre Nachbarn von Männern in langen Ledermänteln abgeholt wurden? Brauchen wir eigentlich ganz unbedingt noch jemand, der die Erkenntnis verbreitet, dass Terroristen ja schon 'ne schlimme Sache sind, aber dass die Amis ja im Prinzip auch nichts anderes machen? Und dass die übrigens auch viel zu dick sind? Hat schon zu lange niemand mehr beklagt, dass der Staat immer unverschämter hinlangt und uns noch den letzten Groschen aus der Tasche zieht? Fehlt uns die Aussage, dass das Fernsehen ja immer schlechter wird und sowieso nichts in der Glotze läuft? Vor allem von Leuten, die ununterbrochen in die Glotze gucken? Und dass überhaupt das ganze Fernsehen und die Computerspiele und die Rapper Schuld daran sind, dass immer mehr unserer Kinder gewalttätig oder drogensüchtig oder beides werden? Und dass man sie, wenn man sie dann ausnahmsweise mal schnappt, ja doch sofort wieder laufen lässt? Brauchen wir wirklich noch mehr Wahnsinnige, die bei der Eröffnung jeder lausigen Dönerbude gleich von der Islamisierung des Abendlandes faseln? Und die die Klimaerwärmung für eine Erfindung einer Weltverschwörung aus Wissenschaft, Medien und den Regierungen halten? Und falls es doch wärmer werden sollte, das aber gar nicht so schlimm sei, weil: den Dinosauriern hat das ja schließlich auch nicht geschadet damals? Fehlt uns ein weiteres Mal die Meinung, dass die ersten Platten von dieser einen Band ja noch richtig gut waren, aber dass die heute ja auch nur noch angepasste Kommerzscheiße machen? Und dass man ja schon lange eigentlich nichts mehr essen kann und dass das alles ja längst nach gar nichts mehr schmeckt, vor allem die Tomaten? Ist es ein Verlust, einmal weniger zu hören, dass das mit den Juden ja schon eine schlimme Sache war damals, dass die sich heute aber genau so schlimm gegen die Palästinenser benehmen und man das ja aber nicht öffentlich kritisieren darf und dass überhaupt auch mal Schluss sein muss mit dieser ganzen Vergangenheit und dass das ja doch alles nur dazu dient, dass wir immer schön weiter zahlen sollen? Und dass sich das alles endlich, endlich mal einer zu sagen trauen müsste?

»Du müsstest doch längst sprechen können«, sagt die Dame zu meinem Sohn und guckt ihn vorwurfsvoll dabei an.

»Ach, lassen Sie nur«, sage ich zu ihr, »das geht schon in Ordnung.«

Wir Steuerhinterzieher

Ich fasse noch einmal in einem Satz zusammen: Weil ich es irgendwie vertüddelt habe, meine Steuererklärung für das Jahr 2000 abzugeben, und weil es mir danach peinlich war, die für 2001 abzugeben, ohne vorher die für 2000 gemacht zu haben, und weil aber die Hemmschwelle, die für 2000 und 2001 gleichzeitig zu erledigen, etwa doppelt so hoch lag wie die für 2000 allein, und weil ich also auf diese Weise auch vertüddelt habe, für 2001 die Steuer zu erklären, und weil das alles 2002 dann nicht besser wurde, und 2003 und 2004 erst recht nicht, und weil mir 2005 das Finanzamt dann eröffnete, es hätte mich auf »nicht veranlagt« gestellt und ich müsse deswegen eigentlich gar keine Steuererklärung mehr abgeben, und weil mir das zwar irgendwie seltsam vorkam, ich letztlich aber so scharf auch nicht darauf war, für sechs Jahre seitenlange Konvolute zusammenzuklöppeln, unter denen dann nach tagelangem Gerechne und wochenlangen Frage-und-Antwort-Spielchen irgendwann mehr oder weniger eine 0 steht, weil ich dieses verführerische Angebot der Sachbearbeiterin für den Buchstaben W im Finanzamt Wedding also gerne annahm, und weil dann aber bei einem Verlag, für den ich schreibe, eine Betriebsprüfung anstand, bei der meine Rechnungen auffielen, deshalb also habe ich jetzt die Steuerfahndung am Hals, wegen Steuerhinterziehung. Ich konnte ja nicht ahnen, dass ich damit gleich einen neuen Trend setzen würde.

Der Herr Zumwinkel also. In gewisser Weise sind wir jetzt Kollegen. Stehen uns sozusagen auf Augenhöhe gegenüber. Von Steuerhinterzieher zu Steuerhinterzieher. Auf den ersten Blick verblüffend, sicherlich, aber sind wir nicht lange schon Brüder im Geiste? Wenn man es mal näher betrachtet? Er war der Post-Chef, ich habe als Kind anderthalb Jahre lang Briefmarken gesammelt. Er residierte im Post-Tower, ich seit Jahren schon in einem Hinterhaus-Parterre der Seestraße und fungiere dort als Post-Annahmestelle für den gesamten Block. Er transferierte seine Gelder in einen Reptilienfonds nach Liechtenstein, ich meine auf der Suche nach Reptilien in irgendwelche Andenstaaten. Eigentlich nur logisch, dass wir so etwas wie eine Schicksalsgemeinschaft bilden.

Wenn ich jetzt aber im Fernsehen sehe, wie Steuerfahndung, Staatsanwaltschaft und Polizei bei ihm vorstellig werden, seine Unterlagen raussuchen und alle zusammen in schicken Mercedessen davonfahren, steigen mir Tränen der Empörung in die Augen. So ist das ja immer: Die da oben werden bevorzugt. Zum Zumwinkel kommt die Staatsanwältin persönlich, um ihm mitzuteilen, dass sie gegen ihn ermittelt, mir hat man bislang noch nicht mal einen Brief geschickt, ich weiß das nur über meinen Verlag. Ganze Heerscharen von Beamten suchen das Zeug vom Zumwinkel zusammen, und ich wette, dass die das auch alles schön ordentlich sortieren, heften, ausrechnen usw., während ich den ganzen Scheiß hier alleine machen muss. Ich hätte mich über so ein paar Steuerfahnder, die die ganzen Belege in meiner Wohnung zusammensuchen, abstauben und vernünftig sortieren, auch sehr gefreut. Stattdessen bin ich jetzt seit zwei Wochen mit praktisch nichts anderem beschäftigt, als alle Schränke, Schubladen, Schnellhefter und Schuhkartons, die mir in meiner Wohnung begegnen, zu durchsuchen. Ich habe dabei Sachen wiedergefunden, die ich längst erfolgreich verdrängt hatte und an die ich nun wirklich nicht unbedingt erinnert werden wollte, ich habe in Schränke geschaut, die ich aus gutem Grund seit Jahren nicht mehr geöffnet hatte, es ist eine einzige schreiende

Ungerechtigkeit. Und weil die feinen Damen und Herren Steuerfahnder vermutlich alle damit beschäftigt sind, die Einnahmeverhältnisse vom Zumwinkel nachzurechnen, muss ich meine ganz allein bilanzieren, mit diesem einen elenden Solartaschenrechner, den ich in meiner Phase ökologischen Sendungsbewusstseins idiotischerweise mal gekauft habe und bei dem immer, wenn man versehentlich mal mit der Hand die Solarzelle beschattet, alle in der letzten Viertelstunde mühsam eingetippten Additionsergebnisse spurlos verschwinden und man wieder ganz von vorn anfangen muss – es ist ein Elend.

Und weil mir keiner hilft, musste ich zu allem Ärger auch noch einen Steuerberater aufsuchen. Der guckte sehr traurig, als ich ihm die ganze Geschichte von den Jahren 2000 bis 2005 erzählte, und noch trauriger, als ich all die Stapel, Umschläge, Kistchen und Klarsichthüllen auf seinem Besprechungstisch auftürmte. »Aber da kommt doch eh nichts bei raus«, murmelte er nach erstem Blick auf meine ausgedruckten Excel-Tabellen, und ich nehme an, er meinte damit mindestens so sehr meine Einkommenssteuer wie auch sein Honorar, das sich nämlich auch irgendwie an dem zu versteuernden Einkommen orientiert, und diesbezüglich hat er mein volles Mitgefühl.

Das allerdings, eröffnete er mir dann, wäre wohl ohnehin nur das kleinere Problem. Das größere sei, dass ich auf meine Rechnungen hätte Umsatzsteuer erheben müssen. Und zwar seit 2001.

Ach. Und ich dachte immer, für freie Schreiber gelte das nicht. Er guckt mich verstört an. Woher ich das denn hätte? Das weiß ich allerdings selbst nicht mehr, irgendwie hat die Materie mich nie besonders interessiert – eine Bemerkung, die den Steuerberater noch trauriger gucken lässt. Na ja, denke ich, die haben es sicher auch nicht leicht. Ist auf Partys bestimmt nicht schön, wenn man auf die Frage, was man denn so macht, mit »Steuerberater« antworten muss, und die Gesprächspartner müssen dann immer eben mal kurz aufs Klo oder ein neues Bier holen, und dann müssen die Steuerberater zusehen, wie die scharfen Weiber immer mit den Schriftstellern und Reptilienforschern abziehen. Aber nun gut, wir haben alle unser Päckchen zu tragen.

Ich jetzt also das Umsatzsteuerpaket von 2001 bis 2007. 7 % auf jede Rechnung, die ich seither geschrieben habe. Ich muss nicht einmal meinen Taschenrechner bemühen, nein, ich brauche mir nicht einmal konkrete Zahlen zurechtzulegen, um zu wissen, dass ich damit auf Jahre ruiniert wäre.

Der Steuerberater beruhigt mich: »Na ja, ganz so schlimm ist es nicht, Sie können die Umsatzsteuer auch noch nachträglich erheben.«

»Aha?!«

»Ja, Sie müssen nur zu jeder einzelnen Rechnung eine Korrekturrechnung schreiben.«

»Zu jeder?«

»Ja, auf die Sie dann die 7 % Umsatzsteuer draufrechnen und ausweisen.«

»Das sind aber ... in sieben Jahren ... das sind doch hunderte Rechnungen, da geht es ja oft nur um 10 Euro oder so.«

»Tja.«

»Ich muss also hunderte Rechnungen neu schreiben und 7 % zusätzlich berechnen?«

»Genau.«

»Aha. Und dann?«

»Na was, und dann: dann müssen Sie diese zusätzlich eingezogenen 7 % eben direkt an das Finanzamt weiterleiten.«

»Aha. Und das müssen die Verlage dann einfach so bezahlen, Jahre später?«

»Na ja, denen ist das doch völlig egal. Die bekommen das Geld ja direkt als Vorsteuer vom Finanzamt wieder.«

Ich starre ihn misstrauisch an. Verarscht der mich? Oder ist das ein Witz? Ich meine, wer kennt schon Steuerberaterhumor? Oder will er sich rächen, für all die versauten Partys? Aber er guckt ganz ernst und seriös dabei. Ich rekapituliere meine neuen Erkenntnisse:

»Ich soll also erstens für die Einkommenssteuer sämtliche Zettel, Belege und wasweißich raussuchen, in Reihe heften, in Tabellen einschreiben usw., damit dann letztlich doch mehr oder weniger 0 dabei herauskommt, was Sie und ich doch auch so schon wissen?«

»Genau.«

»Und dann soll ich zweitens auf alle paarhundert Rechnungen, die ich seit 2001 geschrieben habe, 7 % Umsatzsteuer berechnen, diese dann den Verlagen zuschicken, damit die dann die 7 % an mich bezahlen, damit ich dann diese 7 % an das Finanzamt zahle, damit die Verlage dann diese 7 % vom Finanzamt zurückbekommen?«

»Exakt so.«

Er grinst nicht mal.

»Zumindest vereinfacht gesagt. In Wirklichkeit wird sich das etwa so abspielen: Sie schicken Ihre paarhundert Rechnungen raus, die die Verlage dann dem Finanzamt vorlegen, aber das Geld müssen die dann nicht notwendigerweise an Sie überweisen, weil das von Ihnen ja sowieso ans Finanzamt ginge.«

»Hä?«

»Na ja, wäre ja ärgerlich, wenn die Verlage da sinnlos Geld von ihrem Konto versenden müssten, nur um das dann vom Finanzamt gleich wieder zurückzubekommen. Deswegen wird das einfach bargeldlos gestellt, d.h., das Finanzamt führt sozusagen die Hin- und Rückbuchung gleich selbstständig aus, ist ja eh derselbe Topf, das Finanzamt sieht also die von Ihnen in Rechnung gestellte Umsatzsteuer, denkt die sich sozusagen an Sie bezahlt – quasi eins im Kopf –, denkt sich dann diese Umsatzsteuer von Ihnen an das Finanzamt überwiesen und hat dann die Summe ja gleich wieder auf dem Konto.«

»Mit anderen Worten: Es passiert überhaupt nichts?«

»Genau.«

Ich starre ihn an. Ich kann die Frauen gut verstehen.

»Das heißt, nicht ganz«, setzt er nach, »es passiert schon was: Sie müssen halt ein paarhundert Rechnungen neu berechnen und schreiben.«

»Und weil ich das nicht getan habe, ist das Steuerhinterziehung?«

»So ist das. Das heißt, auch nicht ganz. Denn wenn Sie jetzt rückwirkend ab 2001 die Umsatzsteuer berechnen und erklären, wirkt das erstens wie eine Selbstanzeige, also schuldbefreiend, dann sind Sie kein Steuerhinterzieher mehr, und zweitens können Sie gleichzeitig aus Ihren Rechnungen die Vorsteuer ziehen.«

»Was?«

»Na ja, Sie haben hier doch jede Menge Rechnungen: Bahnfahrkarten, Diaentwicklungen, Fotoapparat, Computerkram, diese ganzen merkwürdigen Tiere, die dann von Ihren merkwürdigen Tieren gefressen werden, das alles halt. Da haben Sie ja immer Mehrwertsteuer mitbezahlt.«

»Natürlich habe ich das. Die steht ja immer auf der Rechnung mit drauf.«

»Ja, eben. Aber wenn Sie jetzt einerseits rückwirkend ab 2001 umsatzsteuerpflichtig sind, können Sie sich andererseits aus all Ihren Rechnungen und Belegen seit 2001 die Mehrwertsteuer vom Finanzamt erstatten lassen.«

Ich starre ihn noch misstrauischer an.

»Ich bekomme Geld zurück? Vom Finanzamt?«

»Ja, und zwar nicht zu knapp. Ist ja einiges zusammengekommen seit 2001, das macht bei 14 bzw. 16 bzw. 19 Prozent Mehrwertsteuer einen hübschen Batzen.«

Ich hole tief Luft.

»Verstehe ich Sie richtig: Bis jetzt bin ich ein Steuerhinterzieher, weil ich eine Umsatzsteuer nicht erhoben habe, an der das Finanzamt keinen Cent verdient, weil diejenigen, die diese Umsatzsteuer bezahlen, sie sofort von eben diesem Finanzamt erstattet bekommen?«

»Ja.«

»Und wenn ich jetzt also diese Steuer, äh, ich sage mal, bezahle, also bezahlen lasse, also, eben einfach nur aufschreibe und sonst passiert gar nichts, wenn ich das also mache, dann kriege ich gleichzeitig alle Mehrwertsteuer, die ich in den letzten Jahren bezahlt habe, vom Finanzamt zurück?«

»Ja, sagte ich doch gerade.«

»Ich bin jetzt also ein Steuerhinterzieher, weil ich unterm Strich dem Finanzamt und damit dem Staat Geld geschenkt habe?«

»Äh ... so würde ich das zwar nicht formulieren, aber im Prinzip ... ja.«

»Und wenn ich jetzt dieses Geld rückwirkend vom Staat einfordere, ist alles wieder gut und ich bin kein Steuerhinterzieher mehr?«

»Genau.«

»Und das Geld kann ich dann einfach so behalten?«

»Natürlich. Außer ein paar Säumniszuschlägen vielleicht.«

»Als Strafe, weil ich dem Staat das Geld nicht schon früher weggenommen habe?«

»Richtig. Aber da wird dann schon noch ein Schwung überbleiben, sind ja einige Jahre und Sie hatten ja einiges an Kosten.«

»Aha. Und mit dem Geld kann ich dann z.B. Ihre Rechnung bezahlen?«

»Zum Beispiel«, sagt der Steuerberater, lehnt sich entspannt zurück und verabschiedet sich lächelnd von mir.

Telefon-Spam

Mit E-Mail-Spam hat man sich ja schon längst abgefunden. Schlimmer ist da schon der Menschen-Spam, der immer öfter vor der Wohnungstür auftaucht. Zwar funktioniert mein Filter hier generell ganz gut – verglichen mit dem, was unsere Haustür alles draußen auf der Straße hält, ist die Zahl der Gestalten, die es bis zu meiner Wohnung schaffen, überschaubar. Aber die nerven umso mehr. Ich z.B. wünsche schon deswegen dem Unternehmen *Arcor* einen möglichst qualvollen Tod ohne jeden Rettungsschirm, weil deren Drückerkolonnen in besonderer Penetranz agieren, und zwar nicht nur am Rand des Kriminellen, sondern deutlich darüber. Womit *Arcor* selbst natürlich gar nichts zu tun hat, wie man mir telefonisch versicherte, nachdem wieder so eine Spam-Person behauptete, sie müsse mal eben meinen Anschluss überprüfen, damit sei etwas nicht in Ordnung. Und das war mindestens die vierte Attacke dieser Art, und immer entpuppten sie sich hinterher als Vertreter, die für *Arcor*-Anschlüsse warben. Leider kann man diese Typen nicht so einfach löschen. Beziehungsweise: Das würde einfach zu viel Ärger machen. Da hilft nur Unfreundlichkeit: »Sie wollen meinen Telefonanschluss überprüfen? Aber erst, nachdem ich Ihnen meine neusten Möglichkeiten für eine natürliche Penisverlängerung demonstriert habe. Machen Sie sich doch bitte schon mal untenrum frei!« Und weg.

Auch Telefon-Spam ist die reinste Plage. Es dauert nicht mehr lange, und ich gehe gar nicht mehr ran. Wenn es bei mir klingelt, ist es inzwischen in einem Drittel der

Fälle irgendein Werbeanruf oder ein Meinungsforschungsinstitut. Lange Zeit taten mir die Menschen auf der anderen Seite der Leitung leid, und ich bemühte mich wenigstens um Freundlichkeit. Keine Chance, die Bande wird sofort derartig penetrant, dass ich inzwischen auch nur einfach auflege, manchmal mit wilden Flüchen. Dann bin ich doch schwach geworden neulich. Jemand vom *Forsa-Institut* war dran und wollte mich befragen. Ich mag das *Forsa-Institut*, weil die immer so schöne Meinungsumfragen machen, so mit: »Wen würden Sie denn wählen?« Es war immer schon mein Traum, da auch mal befragt zu werden. Endlich hört mir mal jemand zu! Und wahrscheinlich kann man mit so einer Wen-würden-Sie-denn-wählen-Wahl politisch das Vielfache dessen ausrichten, als wenn man dann tatsächlich wählen ginge. Denn die Politik reagiert auf Meinungsumfragen ja ganz offenkundig sehr sensibel, und bei 1000 Befragten ist meine Stimme erheblich gewichtiger, als wenn da noch mal 60 Millionen Deppen mit entscheiden dürfen. Ein echter Fortschritt also. Verbesserungsfähig, sicherlich. Im Grunde würde es reichen, wenn sie mich allein anriefen.

Es waren dann aber doch nur Fragen zu meinen Radio-Hörgewohnheiten, die das *Forsa-Institut* mir gestellt hat. Ich höre praktisch überhaupt kein Radio, außer dem *Info-Radio vom RBB*. Egal, hat die Frau gesagt, es dauert auch nur fünf Minuten. Nach zehn Minuten wurde ich nervös.

»Ich spiele Ihnen jetzt noch einmal zehn Song-Collagen vor, und sie sagen mir dann, ob sie solche Lieder sehr gerne, gerne, nicht so gerne oder überhaupt nicht im Radio hören wollen.«

»Ich sagte doch schon, ich höre nur *Info-Radio* ...«
BORN TO BE WILD ... Ächz.
»Kennen Sie Arno und die Morgencrew?«
»Ich sagte doch, ich höre nur *Info-Radio*.«
»Kennen Sie Arno und die Morgencrew?«
»Nein.«
»Bringen Arno und die Morgencrew Sie zum Lachen?«

»Ich sagte doch, ich höre nur *Info-Radio*.«
»Ja, aber bringen Arno und die Morgencrew Sie zum Lachen?«
»Woher soll ich das wissen? Ich höre nur *Info-Radio*!«
»Ich weiß. Aber bringen Arno und die Morgencrew Sie zum Lachen?«
»Nein.«
»Der Slogan von Arno und die Morgencrew lautet: Berlins lustigste Morgensendung. Finden Sie diesen Slogan sehr gelungen, etwas gelungen, nicht so gelungen oder überhaupt nicht gelungen?«
»Verdammt, ich kenne keinen Arno!«
»Aber den Slogan jetzt. Der lautet nämlich: Berlins lustigste ...«
»Ja, schon gut – überhaupt nicht gelungen.«
»Überhaupt nicht gelungen?«
»Genau.«
»Gut. Arno & die Morgencrew hat den *German Radio Award* gewonnen. War das Ihrer Meinung nach sehr verdient, verdient, etwas verdient oder gar nicht verdient?«
»Verdammt ... ach – überhaupt nicht verdient.«
Fünfzehn Minuten, ich hätte schon längst auflegen sollen, aber ich konnte nicht. Ich hatte mir dutzende von Radiosendern vorbeten lassen und dann bei allen außer *Radio1* und *Info-Radio* gesagt, dass ich sie »sehr schlecht« finde. Das durfte nicht vergebens gewesen sein. Wenn ich jetzt auflegen würde, wäre das Interview bestimmt nicht gewertet worden.
»Gut, kommen wir zu einem anderen Thema: Kennen Sie die Toastshow von Radio Energy?«
»Was?!«
»Kennen Sie die Toastshow von Radio Energy?«
»Nein.«
»Bringt die Toastshow von Radio Energy Sie zum Lachen?«
Ich schluchzte.
Am nächsten Abend war *Infratest* dran. Früher haben

mir die Menschen leid getan, die in den Callcentern sitzen, ich habe sie als Opfer eines unmenschlichen Systems betrachtet. Heute denke ich, dass das der falsche Ansatz ist. Man muss sie fertig machen. Man muss sie quälen und erniedrigen. Jeder sollte das tun. Man sollte sie beschimpfen, bedrohen, man sollte ganz seltsame Geräusche in den Hörer machen, sie sollen verstört sein, sie sollen Alpträume bekommen und Magengeschwüre, kurzum: Sie sollen in Würde Hartz IV beantragen oder eine Revolution ausrufen, mir egal, aber sie sollen nicht in Callcentern sitzen. Und sie sollen mich nicht anrufen. Leider bin ich so schlecht im Schreien.

Meine Mutter, die jetzt auch bald schon 80 wird, versteht nicht, warum ich mich darüber so aufrege. Sie wird auch manchmal von denen angerufen, und das sei doch eigentlich immer sehr nett, sagt sie, das seien doch immer ganz höfliche Leute. Das hat mich immer schon gewundert, bis ich bei meinem letzten Besuch bei ihr zufällig Zeuge eines solchen Gesprächs wurde.

»Oh, welche Versicherungsunternehmen ich kenne? – Och, da gibt es ja so viele! Lassen Sie mich nachdenken ... Versicherungen, Versicherungen ... Da gibt's ja so'ne und solche ... Lustig, jetzt fallen mir doch glatt gerade nur Banken ein ... Wissen Sie, so wie die Deutsche Bank, oder die Sparkasse, die kennen Sie doch sicher auch, nicht war? Die Sparkasse, da geh ich auch immer am liebsten hin, das ist nicht so anonym, wissen Sie? Bei diesen großen Banken ... wie bitte? Ach ja, Versicherungen. Sicher, natürlich kenne ich auch Versicherungen, junge Frau. Wissen Sie, als ich so alt war wie Sie, da hatte man so was ja noch nicht, so Versicherungen, also zumindest nicht so wie heute, also so mit alles absichern, diese Mentalität gab es damals noch nicht ... wie bitte? Ja, nun seien Sie doch nicht so ungeduldig, junge Frau, Versicherungen, natürlich kenne ich Versicherungen, das habe ich doch schon gesagt. Sie müssen nicht meinen, dass ich nicht mal mehr ein paar Versicherungen nennen kann, nur weil ich schon ein bisschen was älter bin, hören Sie? Das heißt noch lange nicht, dass ich nicht noch alles mitkriege ... Ja, nicht so schlimm. Jetzt kommen wir mal zum Punkt, sonst wird das Gespräch ja auch zu teuer für Sie, ist ja sicher ein Ferngespräch, nicht? Sie haben was? Flatrate? Ist das eine Bank? Sie sollten lieber nicht zu so was Modernem gehen, Mädchen, gehen Sie lieber zur Sparkasse, die gab's schon vor 50 Jahren, Sie sehen ja, was dabei rauskommt, bei diesen modernen Banken, wissen Sie, als ich damals ... hallo? Hallo? Sind Sie noch dran?«

Ich war beeindruckt. Manchmal geht eben doch nichts über ein ordentliches Stück Lebenserfahrung.

Durch den kommenden In-Bezirk

Die junge Journalistin ist nett. Sie ist vielleicht Anfang 20, sie hat noch Träume, Ideen, Ideale. Wahrscheinlich hat sie sogar noch Sex. Was will sie von einem desillusionierten, zynischen, alten Sack wie mir? Ich erfahre es schneller, als ich weghören kann: Sie glaube ja, dass der Wedding bald das ganz große Ding würde. Nach der Wende, da seien ja die ganzen Ost-Bezirke dran gewesen, aber jetzt würde sich das Blatt wenden. In Nord-Neukölln wäre es ja auch schon losgegangen, und jetzt sei eben der Wedding an der Reihe, die Zeichen seien doch ganz deutlich. Sie wolle da unbedingt was drüber schreiben, ob ich nicht mal mit ihr durch den Kiez ziehen wolle, und sie macht dann eine Reportage darüber.

Seit ich hier wohne, also immerhin seit 1991, taucht mindestens einmal im Jahr irgendwo ein Artikel über den Wedding als den kommenden Trendbezirk auf. Es muss so etwa 1993 gewesen sein, als die *Zitty* mit einem brandheißen Titel über den »In-Bezirk Wedding« oder so aufmachte. Diverse Künstler, Schriftsteller und Kreative kamen darin zu Wort und erklärten, warum der Wedding die allerbesten Voraussetzungen habe, das neue Szeneviertel schlechthin zu werden. Ich hätte das Heft aufheben sollen, als Mahnmal. Für alle nachfolgenden Journalisten. Und für alle, die nachlesen wollen, was man auf das Gesabbel von Künstlern, Schriftstellern und Kreativen geben sollte.

»Es ist ja gar nicht zu übersehen«, begeistert sich die junge Journalistin weiter, »immer mehr Kreative ziehen in den Wedding.«

»So, so«, sage ich skeptisch, »wer denn zum Beispiel?«

Sie sieht mich kurz irritiert an: »Na, du wohnst hier doch«, führt sie aus, »und ich bin jetzt auch hierher gezogen.«

Ich seufze.

Also gut, wie gesagt, sie wirkt wirklich nett. Und auf eine Wedding-Tour mehr oder weniger kommt es für mich auch nicht mehr an. Auf geht's. Wir laufen ein bisschen durch den Kiez. Unterwegs fallen ihr zunächst die vielen leeren und verrammelten Ladenlokale auf, ein deutliches Zeichen des Niedergangs. Aber von solchen Nichtigkeiten ist ihre Theorie nicht ins Wanken zu bringen.

»Wahnsinn!«, jubiliert sie, »was für ein Potenzial!«

»Was?«, frage ich verwirrt, während wir vor einem ehemaligen Möbelgeschäft stehen, das schon seit zwei Jahren provisionsfrei zu vermieten ist.

»Hier ist richtig Raum für Kreativität, wo hat man so was schon?«

Tja, was soll ich sagen: Raum für Kreativität haben wir massenhaft, das ist wohl wahr. Da bin ich fast selbst ganz beeindruckt.

Die Journalistin ist begeistert: »Genau! Hier gibt es Platz für Projekte.«

Nachdem wir ein halbes Dutzend potenzielle Entfaltungsräume passiert haben, kommen wir zu einem Projekt, das schon eine Weile läuft. Es heißt *Zum Korken*. Darin kriegen wir erst mal eine schöne Molle. Für 1,80. Die Journalistin ist begeistert.

»Na, für wen schreibta denn?«, fragt die Wirtin.

Die Journalistin ist verblüfft: »Woran sieht man das denn?«

»Na, was'n sonst?«

Ich bin zufrieden: Die Dame ist Profi.

Als Nächstes gilt es, das Multikulturelle zu besichtigen. Die Journalistin zeigt sich auch hier begeistert: Von der Thai-Massage mit dem schummerigen roten Licht zum Beispiel, vor dessen Tür ein schmerbäuchiger Typ mit Goldkettchen steht. »Das ist ja toll, Massage, Meditation, mal zu sich kommen!« Ich verzichte darauf, ihr mitzuteilen, dass der Zweck dieses Ladens meines Erachtens eher weniger darin besteht, dass der Kunde mal zu sich kommt, sondern eher darin, dass er überhaupt mal kommt, und führe sie weiter zu unserem lustigen hauseigenen Restaurant. Vorher bitte ich sie noch kurz herein, diese Sehenswürdigkeit will ich ihr nicht vorenthalten. Ich führe sie in den Innenhof und deute auf ein Fenster in der Häuserfront: »Und da wohnt Robert Rescue«, erläutere ich.

»Nein!«, ruft sie begeistert, »*der* Robert Rescue?«

»Ja-ha«, kann ich betont gelassen antworten, »*der* Robert Rescue«.

»Kann ich den mal kennen lernen, jetzt gleich?«, ruft sie begeistert aus. Ich gucke kurz auf die Uhr – es ist noch vor eins, ich schüttle bedauernd mit dem Kopf. »Um die Zeit empfängt Rescue noch nicht«, teile ich ihr mit. Zum Trost präsentiere ich ihr den aktuellen *flame war* in unserem Flur. Unsere Hausverwaltung teilt darin allen Mietern mit, dass sie die Hausmeisterserviceagentur *Baum* fristlos gekündigt habe, »aus gegebenem Anlass«, wie sie betont. Man solle sich vorerst mit seinen Anliegen an die Hausverwaltung wenden. Das mochte die *Baum*-Hausmeisterserviceagentur nicht auf sich sitzen lassen. In dem Hausmeisterserviceagentur-Glaskasten hängt deshalb ein handschriftlicher Zettel, auf dem in ungelenker Krakelschrift steht, dass man sich bei uns Mietern sehr für die intensive und gute Zusammenarbeit bedanke, und dass man nicht freiwillig gehe, sich aber nichts vorzuwerfen habe. Wer Näheres erfahren wolle, der solle ruhig anrufen, darunter eine Handy-Nummer. Ich blicke fasziniert auf den Aushang. Das ist vermutlich die erste Telefonnummer einer Hausmeisterserviceagentur, wo mal jemand rangehen würde, sage ich zur Journalistin.

Im Restaurant im Vorderhaus kehren wir erst einmal auf eine Molle ein. »Eine was?«, fragt der türkische Wirt irritiert. Ich erkläre ihm, was eine Molle ist. Ich weiß das zwar selbst nur aus zweiter Hand, weil im Wedding vermutlich kein Mensch das Wort kennt, geschweige denn verwenden würde, aber die Journalistin ist sehr beeindruckt und findet das wahnsinnig authentisch. Unser Hausrestaurant ist gerade in einer etwas undefinierten Phase. Ich berichte über die Historie: Pakistanisch-indisch, indisch-indisch, deutsch-mexikanisch, indisch-mexikanisch, türkisch-deutsch, türkisch-italienisch. Die Journalistin ist begeistert: das sei ja Multikulti vom Feinsten. Ob er denn auch schon bemerkt habe, dass die Gegend sich hier verändere, will die Journalistin von unserem türkischen Wirt wissen, ob er als Weddinger Angst habe, dass nun alles zu schick würde? Er schaut sie empört an: Er sei doch kein Weddinger, ruft er entsetzt aus. Hier würden doch viel zu viele Ausländer wohnen, das wäre nichts für ihn, er wohne in Mariendorf, da sei es schön, da könne man gut wohnen. Die Journalistin guckt ihn etwas aufgeschreckt an, dann aber entschließt sie sich zur Verteidigung ihrer neu erwählten Heimat: Das sei doch alles sehr schön hier! Dem Restauranttürken geht offenbar auf, dass seine Ansage vielleicht nicht ganz so geschickt war, und schnell relativiert er: Ja, klar, das sei schon toll hier. Aber er habe ja Kinder, und Kinder, die könne man hier natürlich auf keinen Fall groß ziehen. Dann guckt er mich erschrocken an, immerhin sind meine Freundin und ich mit unseren Kindern seine vermutlich einzigen Gäste außerhalb der Mittwoche, wenn eine Horde Jesus-Freaks das Restaurant übernimmt. Er flüchtet hektisch hinter den Tresen und gibt uns noch eine Runde Bier aus. Versonnen blickt die Journalistin auf die Info-Blätter der Christen. Der Wirt sieht das und ruft von hinter dem Zapfhahn: »Ich bin aber Moslem! Die sind nur zum Singen hier.« Erheitert trinken wir das zweite Bier und ziehen dann weiter.

Auf zur Müllerstraße. Hier gibt es allerhand zu sehen. Ein Ramschgeschäft. Und daneben: noch ein Ramschgeschäft. Gleich darauf: ein Ramschgeschäft. »Toll, was es hier alles gibt«, jubelt die Journalistin, offenbar inzwischen schon etwas angetrunken. Dann stehen wir vor einem neu eröffneten Imbiss, und ich schaue fassungslos darauf: »Vegetarische Oase« heißt das Ding. Was wollen die denn hier? Habe ich doch irgendwas verpasst? Sie juchzt. Dann fällt mein Blick auf die Werbetafel davor: »Heute: Hotdog«. Ich bin beruhigt.

Jetzt will sie unbedingt etwas ganz Authentisches. Sie will einen Futschi. Davon hat sie mal gehört. Wahrscheinlich bei uns, bei den Brauseboys, weil Volker Surmann, der Friedrichshainer, das ständig als angeblich typisches Wedding-Getränk in seine Texte einbaut. Ich habe so was noch nie getrunken, ich würde nicht mal drauf wetten, dass es so was hier überhaupt gibt, aber die Blöße will ich mir nun auch nicht geben. Meine Hoffnungen ruhen auf der *Moranda-Bar*. Und siehe da, es klappt. Wir bestellen zwei Molle und zwei Futschi. »Molle? Bier könnta habn«, weist die Wirtin uns zurecht. Jawoll! Und kurz darauf knallt sie uns vier Gläser auf den Tisch. Wir stoßen mit den Bieren an, und als die Journalistin mal kurz verschwinden muss, lasse ich auch was verschwinden, nämlich meinen Futschi in der Hydrokultur auf der Fensterbank, denn das lassen wir mal schön für die Friedrichshainer und Neuzugezogenen, das muss man ja wirklich nicht auch noch selbst trinken.

Die Journalistin kommt zurück getorkelt, sieht mein leeres Glas, schüttet ihren Futschi runter und bestellt, offenbar inzwischen völlig enthemmt, gleich noch eine Runde. Ich verfahre wie beim ersten Mal, und nachdem sie auch den zweiten Futschi runtergestürzt hat, stütze ich sie und geleite sie nach draußen. Zum Glück wohnt sie direkt um die Ecke. Ich bringe sie noch bis dahin, unterwegs lallt sie mir noch ein bisschen in die Ohren, dass das hier alles bald total trendy würde und die voll angesagte Wohngegend, dann muss sie sich tatsächlich noch in die Rabatten am *Schraders* übergeben. Wenn die das mitkriegen, fordern die bestimmt gleich wieder eine Umgestaltung des Platzes, gegen die Trinker, kichere ich in mich rein, während ich die junge, hoffnungsfrohe Dame verabschiede.

Mit ihrer Theorie wird sie falsch liegen, denke ich, während ich auf dem Rückweg an ihrer Lache vorbei gehe. Aber eine würdige Weddingerin, die könnte sie vielleicht trotzdem werden.

Unerwünschte Mitbewohner

Sonntagmorgen, 10 Uhr, draußen ist schönstes Frühlingswetter. Endlich mal ordentlich durchlüften, den Mief vom Winter aus der Wohnung lassen! Aber kaum habe ich das Fenster geöffnet, dröhnen aus dem Hinterhof furchterregende Geräusche herein. Was denn diesmal? Hört einer der islamischen Nachbarn wieder seinen aktuellen Muezzin-Podcast? Ist der Typ aus dem Seitenflügel nach einer langen Samstagnacht nach Hause gekommen, hat seine *Scorpions*-Sammlung wiederentdeckt und die Anlage voll aufgedreht? Nein, es ist zwar ein grauenhaftes Gejaule und Geheule im Hof, aber gegen den Muezzin spricht die Instrumentierung und gegen die *Scorpions* die fehlende E-Gitarre. Klingt ein bisschen wie Xavier Naidoo. Ich höre genauer hin. Oh nein! Ich ahne die Ursache.

Man hat es schon nicht leicht in diesem Haus. Erst waren es die Lebensmittelmotten. Sie tauchten plötzlich auf und waren nicht mehr wegzubekommen. Obwohl wir zwischendurch keinerlei Lebensmittel mehr in der Wohnung hatten und uns ausschließlich vom *Saray*-Imbiss ernährten, um die Biester auszuhungern. Aber sie haben länger durchgehalten als wir. Als ich schon vom Geruch roher Zwiebeln Magengrimmen bekam, haben wir uns in unser Schicksal gefügt. Dann kamen die Ratten. Die Hausverwaltung hat irgendwann den Kammerjäger geschickt, aber es hat sich unterm Strich nicht viel getan. Es herrscht jetzt so eine Art natürliches Gleichgewicht im Hof zwischen den Nagern und den Mitarbeitern der Firma Rent-to-kill. Wobei, Gleichgewicht trifft es nicht ganz. Während man durchaus alle paar Wochen beim Verlassen der Wohnung über eine tote Ratte stolpert, die das Mädchen aus dem dritten Stock dann feierlich hinter den Fahrradständern begräbt und in einer Klarsichthülle ein kleines Gedicht aus dem Poesiealbumsprüchebuch dazu schreibt, lag bisher noch kein einziger Rent-to-kill-Mitarbeiter tot im Hof.

Neulich ist zwar tatsächlich jemand auf der Seestraße niedergestochen worden, aber ich halte es eher für unwahrscheinlich, dass das die Ratten waren, auch wenn die Polizei noch keine Spur von den Tätern hat. Wie dem auch sei, wir haben gelernt, mit ihnen zu leben: Mit den Islamern. Mit den *Scorpions*. Mit den Motten. Mit den Ratten. Da kann Rent-to-kill noch so viele rote Totenkopfzettelchen an die Kellertür kleben. Man wird sie nicht wieder los.

Und jetzt sind auch noch die Christen dazu gekommen. Vorne, im Restaurant. Aus anderen Stadtteilen höre ich immer nur, dass, wenn die Restaurants schlecht sind und schlecht laufen, Schimmel, Schaben oder Mäuse dort einziehen. Nicht so im *Lehmann's*-Restaurant bei uns im Vorderhaus. Das lief immer schlechter, das Essen wurde immer schlechter, und jetzt sind da die Christen. Es ist wirklich ein schlechter Witz: Da wohne ich mitten im Wedding, die Presse fantasiert permanent von einer schleichenden Islamisierung des ganzen Viertels – und wir kriegen ausgerechnet die Christen ins Haus. Keine Ratte traut sich mehr in den Innenhof, wenn von vorne wieder die höllischen Himmelsgesänge ertönen.

Unsere Christen sind nämlich Freikirchler. Genau genommen Volksmissionare der charismatischen Bewegung aus dem Bund Freikirchlicher Pfingstgemeinden. Nette Leute eigentlich, aber halt ein bisschen irre. Die haben das marode *Lehmann's*-Restaurant komplett übernommen. Das heißt, es gehört schon immer noch Herrn Büyükslan, dem freundlichen Türken und gläubigen Mohammedaner, aber der hat es untervermietet an die Evangelikalen, nachdem niemand mehr bei ihm essen mochte.

Ich gehe los, um Brötchen fürs Frühstück zu holen. Als ich aus dem Haus trete, muss ich mich direkt durch die Charismatiker drängeln, die auf dem Bürgersteig stehen, mitten auf der Seestraße, mit Gitarre und irgendeiner Handtrommel, und von Jesus singen. In jeder anderen Gegend Berlins wären sie wahrscheinlich schon längst wegen Ruhestörung oder Gehflussbehinderung verhaftet worden oder hätten einfach aufs Maul gekriegt. Aber auf den Straßen des Weddings gilt das eherne Gesetz des Ignorierens. Auch wenn es sicher nicht leicht fällt. Vor allem dem libanesischen Imbiss direkt daneben mit den Koransuren in arabischer Schrift an den Wänden. Das dürfte ziemlich geschäftsschädigend sein, denke ich mir, aber ohne die Miene zu verziehen, sitzt der Oberlibanese tapfer am Tischchen vor seinem Laden und lässt die Jesus-Gesänge stoisch über sich ergehen. Was mich in meiner Annahme bestärkt, dass der Laden ohnehin nur ein Drogenumschlagplatz ist: Den Dealern wird's egal sein, ob sie durch Christen müssen, und die komischen Teigtaschen, die er zur Tarnung vorrätig hat, halten natürlich länger, wenn sich nicht ständig irgendwelche Leute vor seinen Laden setzen und die Dinger wegessen.

Als ich vom Bäcker zurückkomme, sitzt er immer noch ohne sichtbare Regung da, während die drei Jungchristen immer noch in Reihe stehen, singen, einer trommelt und eine Gitarre spielt. Von hinten kommt Friedrich der Große heran, wie immer in voller Montur (blauer Frack, Lockenperücke, Friedrich-der-Große-Hut). Oft schon hat es mich gejuckt, ihn zu fragen, warum er so herumläuft. Aber erstens habe ich Angst davor, dass er so was sagt wie: »Wieso? Was sollte Friedrich der Große denn Ihrer Meinung nach anziehen?« Und zweitens werde ich den Teufel tun und meine soziale Stellung in der Gegend gefährden, indem ich gegen die Regel Nr. 1 verstoße: Hier wird nicht gefragt. Und wenn einer wie Friedrich der

Große rumlaufen will, dann läuft er eben wie Friedrich der Große rum. Was gibt's denn da zu gucken? Wem das nicht gefällt, der soll doch in den Prenzlauer Berg gehen! Da laufen alle rum wie *H&M*-Models. Hier dagegen läuft halt jeder rum, wie er will. Oder er stellt sich auf die Straße und singt Christenlieder. So ist das halt. Nicht schön, aber nicht zu ändern. Einziger Pluspunkt: Der Kampfhund von dem Fahrradladen ein Haus weiter traut sich nicht mehr auf die Straße, wenn die Christen dort lärmen. Hat halt alles seine Vor- und Nachteile. Außerdem: So lange sie live dort singen, werfen sie nicht die Lautsprecherboxen an, die sie draußen über der Tür befestigt haben, und lassen den Flachbildschirm aus, den sie ins Schaufenster gestellt haben, gleich unter der immer noch dort prangenden und von besseren Zeiten kündenden Aufschrift: »Spielautomaten« sowie »gepflegte Biere und Schnäpse«. Auf diesem Bildschirm lassen die Christen nämlich gern irgendwelche Verkündigungsvideos laufen, und über die Lautsprecher beschallen sie dann die Straße. Über Ostern ging das sogar 24 Stunden am Tag so. Da dürfte sich manch Betrunkener, der nachts nach Hause torkelte, ein wenig erschrocken haben, als es plötzlich neben ihm auf dem Bürgersteig dräute: »Die Strafe liegt auf Ihm, auf dass wir Frieden hätten, und durch seine Wunden sind wir geheilt.« Oh scheiße, wird sich der Besoffene da gedacht haben, ich hätte doch dieses letzte *Schultheiss* nicht mehr trinken sollen. Und aus dem *Lehmann's*-Eingang schallte es dann: »Wir müssen durch viele Bedrängnisse in das Reich Gottes eingehen.« Volksmission halt.

Friedrich der Große bleibt kurz stehen, lässt das Szenario auf sich wirken und schüttelt dabei ungläubig den Kopf unter seinem Hut. Es ist so ein »lauter Verrückte«-Kopfschütteln. Ich schlängle mich an den Singechristen vorbei und husche noch vor dem Alten Fritz in unseren Hauseingang. Puh.

Im Innenhof werde ich von einem ohrenbetäubenden

Gitarren-Solo empfangen. Der »wind of change«. Na also. Irgendetwas Arabisches predigt aus dem Seitenflügel dagegen an. In der Wohnung mache ich schnell die Fenster zu, genug Frühling jetzt, dann decke ich den Frühstückstisch. Ach, schnell noch die Sonntagszeitung reingeholt. Im Briefkasten ist auch noch die Post vom Vortag. Darunter ein Brief an, ich staune nicht schlecht, den FDP-Ortsverband Wedding. Muss der Briefträger irrtümlich mit bei uns reingeschmissen haben. Wahrscheinlich, weil er, nach inzwischen einem halben dutzend Mitbewohnern und nachdem ich die Redaktion über insgesamt drei Reptilienzeitschriften übernommen und außerdem noch zwei Plattenlabels gegründet habe, einfach jeden exotisch adressierten Brief an unser Haus routinemäßig bei mir einwirft. Die Adresse stimmt nämlich. FDP-Ortsverband Wedding? Ich bin fassungslos. Ein schnelles Googeln aber bringt die schreckliche Gewissheit. Es stimmt: Unser Haus ist jetzt auch von Liberalen befallen. Ungläubig starre ich auf den Bildschirm. Ich fürchte, ich werde doch mal ein ernstes Wörtchen mit Rent-to-kill reden müssen.

Im Finanzamt Wedding

»Da gehen Sie mal schön selbst zum Finanzamt«, hat mein Steuerberater mich beraten, »das wäre in Ihrem Fall wohl das Beste.« Er überreichte mir einen großen Karton, darin meine Steuererklärungen für die Jahre 2001 bis 2006. »Das wäre in Ihrem Fall wohl das Beste« – was meint der bloß damit?

So betrete ich also erstmals den Betonbau direkt am U-Bahnhof Osloer Straße. Nein, Lebensfreude strahlt es nicht gerade aus, das Finanzamt Wedding. Ich rechne mit dem üblichen Behördenwahnsinn und habe extra einen noch nicht angelesenen Roman dabei. »Annahme von Steuererklärungen«, lockt ein Schild, und genau darum geht es ja. Ich betrete die Wartehalle – zu meiner Überraschung herrscht dort gähnende Leere. So etwas habe ich ja schon lange nicht mehr erlebt. Seit meinen gemütlichen Zeiten in Münster nicht mehr, da hatte man auch Chancen, bei Behördengängen gleich bedient zu werden, hach, wie oft habe ich sehnsüchtig verklärt daran zurückgedacht, als ich die stundenlangen Wartetorturen in diesen Vorhöfen der Hölle, dem Bürgeramt Wedding oder noch schlimmer: der Führerscheinausgabestelle in Mitte, qualvoll ertragen musste. Münster, dachte ich damals, Mensch, Münster hatte doch sein Gutes. Und jetzt das: Ich bin, mitten in den Sprechzeiten, an einem ganz normalen Werktag, der einzige Mensch in der Wartehalle vom Finanzamt Wedding. Man hat wohl mit größerem Ansturm gerechnet, denn die Halle ist geräumig, mit zahlreichen Bänken ausgestattet und verfügt über einen dieser Nummernzettelautomaten. Es gibt nur eine einleuchtende Erklärung: Ganz offensichtlich gibt es kaum Bewohner im Wedding, die überhaupt so etwas wie Steuererklärungen abgeben. Ich hatte mir so was ja schon gedacht. Na, da werden sie sich ja sicher freuen, wenn ich jetzt auch mal was vorbeibringe!

Man wird ja nicht 37 Jahre alt, ohne überhaupt irgendwas von der Welt mitzubekommen. Doch, doch, manchmal bin ich schon ein Fuchs. Da hängt ein Nummernzettelkasten, ganz offensichtlich funktionieren die Nummernanzeigen, ich müsste also vollkommen wahnsinnig sein, wenn ich nicht einen Nummernzettel zöge. Ich puste den Staub weg, drücke – na, siehe da: die 438. Gerade leuchten die 436 und die 437, dann komme ich ja gleich dran. Ich setze mich auf eine der Bänke und lasse die etwas gespenstische Atmosphäre auf mich wirken. Nach einer Viertelstunde hat sich immer noch nichts getan. Wahrscheinlich haben die da einen ganz besonderen Fall sitzen – heute ist mal einer vorbeigekommen, einer der Steuerzahler vom Wedding! –, oder der Finanzbeamte macht einfach Kaffeepause und lässt mich des Rituals wegen ein bisschen warten, was mir weitaus wahrscheinlicher scheint.

Ich stehe auf und lese mir die Aushänge an. Unverständliches Zeug, im Wesentlichen, irgendwelche Bekanntmachungen, Verlautbarungen, Ankündigungen. Nur bei einem Schild muss ich stutzen. Mit Briefkopf des Bundesministeriums für Finanzen hängt es da: »Das Bundesministerium für Finanzen gibt bekannt«, heißt es dort, und darunter in dreifacher Schriftgröße: »Auch wenn alle anderen Sie vergessen: Ihr Finanzamt interessiert sich immer noch für Sie!« Mit Ausrufezeichen. Ich starre den Zettel intensiv an – oha. Weddinger Finanzamtshumor. Ich bin verblüfft.

Leicht beschwingt setze ich mich wieder. Da, endlich geht eine Tür auf, offenbar hat er sie endlich abgegeben, seine Erklärung, einer der Steuerzahler vom Wedding.

Vermutlich ist er dafür mit Kaffee und Gebäck empfangen worden, auf ein kurzes Pläuschchen, das gibt es hier ja schließlich nicht alle Tage, die Kunden wollen umworben werden. Vielleicht kriege ich ja auch ein Stück Kuchen.

Ein unscheinbarer, älterer, kleiner, betongrau gekleideter Mann guckt heraus: »Herrjeh, was machen Sie denn da, Meister?«, erklingt der freundliche Gruß des Weddinger Finanzbeamten, und ebenso freundlich erwidere ich: »Na, was wohl? Ich hab die 438 und warte darauf, dass die aufgerufen wird, junger Mann!«

Der Beamte schaut mich stirnrunzelnd an. »Sie machen was?«

»Die 438! Ich warte auf die 438!«

»Da können Sie lange warten«, sagt das Männchen, zuckt mit den Schultern, geht wieder in sein Zimmer und schließt die Tür hinter sich. Jetzt bin ich doch etwas verunsichert. Ich warte noch einen Moment, ob irgendwas passiert, dann klopfe ich vorsichtig an.

»Herein!«, brüllt es, und ich öffne die Tür. »Na also, geht doch!«, begrüßt der Beamte mich, »was gibt's denn?«

»Ich wollte meine Steuererklärungen abgeben.«

Jetzt guckt er schon wieder fassungslos. Damit hat er offenbar nicht gerechnet. »Na, Sie sind ja 'n komischer Vogel«, murmelt er, »wieso machen Sie das denn nicht wie alle, mit diesem Computer?«

»Was denn für einem Computer?«

»Na, mit Elster.«

»Was denn nun: Computer oder Vogel?«

»Sehr komisch.«

Ich weiß wirklich nicht, was er meint: »Äh, ich kenne diesen Computer nicht; außerdem hat mein Steuerberater diese Steuererklärungen gemacht.«

»Und wieso hat der die dann nicht einfach hergeschickt?«

»Ja, das hat mich auch gewundert«, gebe ich zu, »aber

er meinte, in meinem Fall wäre es besser, wenn ich das persönlich machen würde.«

»Wieso das denn?«, er guckt mich verwundert an, »na ja, ist ja auch egal, dann geben Sie mal her, den Wisch.«

»Den Wisch?« Ich stelle ihm die Kiste auf seinen Schreibtisch.

Er sieht mich mit großen Augen an: »Was ist das denn?«

»Na, da drin sind meine Steuererklärungen.«

Jetzt sieht er eher etwas misstrauisch aus, wahrscheinlich hält er mich für einen Irren.

»Na, dann machense mal, dann holen se die doch mal raus!«

Ich zucke mit den Schultern. »Na gut, wenn Sie meinen.« Und dann räume ich Stapel für Stapel aus der Kiste, bis ein hübscher Papierturm auf seinem Schreibtisch steht.

Er wiederholt sich: »Was ist das denn?«

»Na, das sagte ich doch, das sind meine Steuererklärungen. Von 2001 bis 2006.«

Jetzt hält er mich endgültig für wahnsinnig. »Ach du große Scheiße«, murmelt er, »nee, nee, das packense mal schön wieder ein. Nee, nee, in Ihrem Fall bringense die mal besser direkt zu ihrer Sachbearbeiterin für den Buchstaben W, na, die wird sich freuen. 6. Stock, Zimmer 632.«

In etwas ungewisser Stimmungslage mache ich mich mit meiner Kiste auf den Weg nach oben. Was wird mich dort erwarten? Ein großes Hallo? Endlich Kaffee und Kuchen? Ich bin mir nicht sicher.

*

Oben angekommen, klopfe ich an die Tür von Zimmer 632. »Ja, ist offen!«, schallt es nicht unfreundlich daraus hervor, ich trete ein. Eine robuste Frau, so um die 50, sitzt hinter ihrem Schreibtisch. Der Schreibtisch gegenüber ist verwaist. Das Büro macht einen eigenartig beklemmenden Eindruck auf mich. Zum einen sieht es einfach original nach einer Amtsstube aus, und zwar genau so, wie ich sie aus meiner Jugend aus Münster in der Erinnerung habe und wie man sie manchmal noch in den *Tatort*-Wiederholungen der 70er- und 80er-Jahre sieht, einschließlich Gummibaum und diesen merkwürdigen hellbraunen Resopal-Holzschränken. Die Frau selbst passt gut hier herein, mit ihrer stämmigen Statur, der Dauerwelle und einer Brille, die meine Mutter so um 1980 auch getragen hatte.

»Ja, bitte?«

»Der Herr von der Annahmestelle für Steuerbescheide hat mich hier hoch geschickt.«

»Wieso das denn?«

»Keine Ahnung. Er meinte, das wäre besser in meinem Fall.«

»Wie heißen Sie denn?«

»Werning. Heiko Werning.«

»Ach so. Die Kollegin für W ist heute nicht da, die hat Geburtstag. Ich bin für V. Aber kein Problem, ich kann alles ausrichten.«

»Fein. Also, ich wollte meine Steuererklärungen abgeben.« Ich lege ihr die Papierstapel auf den Schreibtisch, sie guckt mich irritiert an.

»Was ist das denn?«

»Das sind meine Steuererklärungen. Einkommens- und Umsatzsteuer. 2001 bis 2006.«

»Das ist was?«

»Äh, meine Steuererklärungen, Einkommens...«

»Ja, ich hab Sie schon verstanden. Wieso kommen Sie damit jetzt? Ich meine, das ist doch schon lange vorbei!«

»Ja, das dachte ich auch. Aber dann hat die Steuerfahndung sich eingeschaltet und hat gemeint, ich sollte die doch mal besser machen.«

Sie nimmt sich eine der Akten und blättert kurz durch. Sie wird ganz blass.

»Herr Werning?«
»Ja.«
»Herr Werning? Ich fass es nicht. Das hier ist – was?«
»Na ja, eben die Einkommens- und Umsatzsteuererklärungen für 2001 bis 2006. 2000 könnte ich erst mal weglassen, hatte der Herr von der Steuerfahndung gemeint.«
»Herr Werning! Das ist ja – also, das kann ich gar nicht glauben. Das ist doch – Herr Werning, das ist doch schon lange vorbei, wieso kommen Sie da denn jetzt erst mit?«
»Na ja, ich hatte es halt vergessen, damals, also 2001...«
»Herr Werning! 2001! Das ist sieben Jahre her! Ich glaub's ja nicht. Das kann ja wohl nicht wahr sein! Herr Werning! Vergessen? Sie haben sieben Jahre vergessen? Herr Werning! Also, ich hab ja schon viel erlebt hier, das können Sie mir glauben, aber den Tag, den werde ich mir merken. Herr Werning, sieben Jahre! Mensch, in der Zeit sind Geschäfte gegründet und wieder zwangsgeräumt worden, in der Zeit ist diese bescheuerte Straßenbahn da unten gebaut worden, in der Zeit bin ich zwei Mal Oma geworden, Herr Werning! In der Zeit sind Kinder gezeugt und geboren und eingeschult worden! Herr Werning, und Sie haben das mal eben vergessen?«
Au weia. Das wird hart.
»Na ja, ich meine, ich dachte, Sie hätten das vielleicht mal angemahnt oder so, aber ...«
»Herr Werning! Wir sind doch nicht dafür zuständig, Ihnen hinterherzulaufen! Herr Werning, Sie müssen zu uns kommen, verstehen Sie, Sie sind der, der hier Steuererklärungen abzugeben hat! Verstehen Sie? Verpflichtet! Sie sind verpflichtet, Steuererklärungen abzugeben! Was haben Sie denn erwartet? Das mal gelegentlich einer von uns mit Apfelkuchen bei Ihnen vorbeikommt und fragt, ob Sie eventuell vielleicht mal in absehbarer Zeit die Muße dafür finden könnten, freundlicherweise Ihre Steuererklärung abzugeben? Dass wir Ihnen persönliche Einladungen schicken, auf kleinen Kärtchen, mit Vögel-

chen drauf? Herr Werning! Das hier ist ein Finanzamt! Wir sind hier kein Wohlfühlclub für sensible Künstlerseelchen, wir wollen hier ausgefüllte Formulare sehen, Herr Werning, und wir haben Sie da nicht groß zu bitten, die haben Sie uns gefälligst vorbeizubringen. Und zwar pünktlich! Bis Ende Mai!«

»Ja, aber ... äh, ist doch noch gar nicht Mai ...«

»HERR WERNING! Machen Sie keine blöden Witze hier! Ich fass es nicht. Na, da wird sich die Kollegin ja freuen morgen. Und ich muss es ihr geben! Herr Werning, Sie machen sich ja keine Vorstellung! Das können Sie gar nicht wieder gutmachen bei mir, was glauben Sie, was die mir erzählen wird, die Kollegin für W, na, das ist ja ein tolles Geburtstagsgeschenk, da meldet die sich doch gleich wieder zum Feiern ab, wenn die das sieht, Herr Werning! Haben Sie ein Glück, dass die heute nicht da ist, haben Sie ein Glück, dass ich da bin!«

»Äh ... ja, sicher, ein großes Glück ...«

»Herr Werning! Sie machen sich ja keine Vorstellung! Meine Güte, Sie haben ja keine Ahnung, was haben Sie für ein Glück, dass die Kollegin heute Geburtstag hat, na, das ist ja ein tolles Geschenk, und ich darf ihr das morgen übergeben, das können Sie überhaupt nicht wieder gut machen, das ist – also, ich hab ja schon manches hier erlebt, also, wenn Sie mein Buchstabe wären, den Namen, den würde ich mir merken, den würde ich nie wieder vergessen, das können Sie mir aber glauben, merken würde ich mir den – ach was, den merke ich mir ja auch so, obwohl Sie W sind, Herr Werning! Also, so was hab ich ja wirklich ... und glauben Sie mir, wir erleben hier so einiges .... aber so was. Herr Werning!«

»Ähm, ja, 'tschuldigung, tut mir ja auch leid, aber ...«

»Das tut Ihnen leid? Das sollte es aber auch, Herr Werning, das sollte Ihnen wirklich leid tun, verdammt leid sollte Ihnen das tun. Wenn Sie mit V wären, Herr Werning, wenn Sie bei mir wären, Sie können aber so was von Glück reden, dass Sie nicht bei mir sind, ich hätte Sie schon längst blutig geschätzt, blutig geschätzt, hätte ich Sie, Herr Werning, da hätten Sie nichts mehr vergessen, Herr Werning, da hätten Sie bezahlt, bezahlt, bezahlt ...«

»Äh ... na ja, aber so eine Schätzung, ich meine, dann wäre es ja auch gar nicht so weit gekommen, das ist ja, was ich meine, Sie haben mich ja einfach auf ›nicht veranlagt‹ gestellt, und da dachte ich halt ...«

»Herr Werning! Da dachten Sie halt? Sie haben die verdammte Pflicht, Ihre Steuererklärung abzugeben, wir sind doch keine Babysitter, Herr Werning, Sie sind der Steuerzahler und wir sind das Finanzamt, verstehen Sie, wir sind das Finanzamt! Und da haben Sie gefälligst von sich aus zu kommen und Ihre Steuererklärung abzugeben ...«

»... aber es kommt doch sowieso nichts dabei raus, ich bin doch eh unterm Freibetrag ...«

»Herr Werning! Das berechnen nicht Sie, das berechnet das Finanzamt! Das sind immer noch wir, die hier berechnen, ob Sie über oder unter den Freibeträgen sind, da könnte ja gleich jeder kommen und sagen: Oh, ich bin aber unter dem Freibetrag, meine Geschäft läuft zwar super und ich kann mich vor Aufträgen nicht retten, aber hach! Letzten Monat mussten wir ja schon wieder einen Packen Schreimaschinenpapier kaufen, diese Kosten, da bleibt ja nichts mehr übrig, Herr Werning! Das berechnen immer noch schön wir, wir berechnen, und Sie geben ab, und zwar im Mai des Folgejahres! Wenn Sie mit V wären, Herr Werning, blutig hätte ich Sie geschätzt, blutig! Und ich darf das jetzt morgen meiner Kollegin auf den Tisch legen, herrjeh, Herr Werning! Ich hab ja schon manches erlebt ...«

So geht das die nächsten gut 70 Minuten weiter.

»Herr Werning, haben Sie mich verstanden? Herr Werning! Ich glaub's ja nicht! Herr Werning ...«

Plötzlich piepst eine Uhr, es war 16 Uhr.

»Oh. Feierabend. Na gut, dann gebe ich das morgen mal meiner Kollegin. Das nächste Mal geben Sie aber pünktlich ab, verstanden?«

»Ja, verstanden«, flüstere ich und husche wie ein mit Wasser begossener Pudel nach draußen. Unten ist schon abgeschlossen. Der kleine Herr von der Annahme steht an der Tür. Er grinst: »Na, alles abgegeben?«
»Allerdings.«
»Sag ich ja: In Ihrem Fall ist das besser, Sie machen das mal schön persönlich.«

Er schließt die Tür auf, ich schlüpfe durch. Ich atme tief durch, als ich zur Straßenbahnhaltestelle rüber gehe. Noch einmal drehe ich mich um. Hoch oben, im sechsten Stock, steht Frau V am Fenster und schaut mir hinterher. Doch, keine Frage, das muss sie sein. Sie wirkt irgendwie sehr zufrieden.

Beim Orthopäden

Sonntagnachts, nach der *Reformbühne Heim & Welt*, stellte ich überrascht fest, dass ich plötzlich nicht mehr richtig laufen konnte. Erstaunlicherweise war der Zustand nach Ausnüchterung am nächsten Morgen keineswegs besser, eher im Gegenteil. Ohne die sinnesbetäubende Wirkung des Alkohols war einfach nicht mehr zu leugnen: Es tat richtig ekelhaft weh, wenn ich mit dem rechten Fuß auftrat. Unschön. Aber meine Oma hat schon gesagt: »Ist von alleine gekommen, dann geht's auch von alleine wieder weg«, und bis auf eine einzige, letztlich finale Fehleinschätzung in Sachen Lungenkrebs ist sie eigentlich gut damit gefahren. Da ich von Fußkrebs noch nie etwas gehört habe, hielt ich noch drei Tage durch, dann wurde es zu schmerzhaft.

Also auf zum Orthopäden. Wie passend, dass ich ohnehin gerade angefangen habe, den jüngsten Roman von John Irving zu lesen. Dass ist doch ein guter Witz, mit einem 1140 Seiten starken Buch zum Arzt aufzubrechen.

An der Anmeldung vergeht mir das Lachen darüber etwas. Seufzend reihe ich mich in die Schlange aus Invaliden, Veteranen, Geh-, Sitz- und Komplett-Behinderten, Stützstrumpf-, Einlagen- und Gipsbeinträgern ein. Also gut, S. 58, Kapitel »Der schwedische Buchhalter«. Eine Arzthelferin kommt auf mich zu und begrüßt mich herzlich: »Wieso kommen Sie so spät?« Ich sehe sie verblüfft an. »Eigentlich haben wir schon einen Aufnahmestopp.« Einen – was? Sehe ich jetzt schon so versehrt aus, dass die Dame mutmaßt, ich sei ein Bürgerkriegsflüchtling?

Es ist 11 Uhr am morgen, und die Sprechzeit geht bis 12. »Ja, aber um 18 Uhr wollen wir auch mal nach Hause«, sagt sie kryptisch, nimmt unwirsch meine Versichertenkarte entgegen und hängt anschließend ein Schild in die Praxistür: »Heute keine Neuaufnahmen mehr«, lese ich staunend. Das Geschäft scheint ja zu brummen, denke ich. Ist das schon das Ende der großen Wirtschaftskrise?

Seite 101 ... Endlich darf ich sagen, was ich überhaupt will, dann zahle ich das Eintrittsgeld von 10 Euro. »Sie können sich dann hinsetzen«, bescheidet die Arzthelferin mir. Ich gehe ins Wartezimmer. Leider sagt mir dort niemand, dass ich mich hinsetzen könne. Ich stehe ebenso orientierungs- wie hilflos in der Mitte und schaue mich suchend um. Da ist kein freier Platz. Die Mitpatienten auf den Stühlen gucken stier zu mir hoch. Ich hinke extra dramatisch ein wenig hin und her. Aber hier kann ich kein Mitleid erwarten. »Sei froh, dass du überhaupt noch Beine hast!«, sagen mir die Blicke der anderen. Mühsam das Gewicht auf ein Bein verlagernd, lehne ich mich an die Wand und betrachte die Bilder, die an den Wänden hängen. Es sind meditative Motive – Berggipfel, Bachläufe, Grashalme, alles irgendwie besonders fotografiert – mit Kalendersinnsätzen darunter. Während ich eine zunehmende Muskelverhärtung im linken Bein spüre, die aber immer noch weniger schmerzhaft ist, als wenn ich den rechten Fuß belaste, studiere ich die angebotenen Weisheiten. »*Nichts Irdisches ist ewig, aber alles Irdische kann Sinnbild des Ewigen werden.*« Mühsam verlagere ich mein Gewicht ein wenig und blicke auf die Wand zu meiner Rechten: »*Ein schweres Leben wird erträglich, sobald man ein Ziel hat.*« Da lese ich mal lieber im Roman weiter.

Seite 138 ... Ein Platz wird frei! Eilig hinke ich dorthin und will mich gerade fallen lassen, da hievt sich mit schmerzverzerrtem Gesicht ein kleiner, trauriger Junge auf Krücken in den Raum. Ich seufze und lehne mich wieder an die Wand, direkt unter einen Sonnenuntergang am See: »*Nenne dich nicht arm, weil deine Träume nicht in Erfüllung gegangen sind. Wirklich arm ist nur, wer nie geträumt hat.*«

Seite 259 ... Ein Sitzplatz! Ich verdrücke mir eine kleine Träne der Erleichterung. Was für ein erhabener Moment! Gerade will ich beginnen, meine Beine durch vorsichtige Massage zu reanimieren, da werde ich in Zimmer 14 gebeten. Genau genommen werden wir in Zimmer 14 gebeten, ich und vier weitere Mitpatienten. Mühsam und stöhnend erheben sich fünf derangierte Gestalten, greifen sich die Krücken oder fassen sich an den Rücken, dann beginnt der Elendstreck durch endlose, verwinkelte Gänge. An einem Raum, an dem wir uns vorbeischleppen, steht allen Ernstes »Ortho-Lounge«. Ich muss lachen. Schließlich erreichen wir Zimmer 14. Eine Arzthelferin empfängt uns und weist uns in kleine Kabinen ein, die nur durch Stoffvorhänge voneinander getrennt sind. »Wo ist denn Frau Kücülü?«, fragt die Helferin, und einer unserer Mitreisenden erwidert müde: »Die hat's nicht gepackt. Ist bei der »Ortho-Lounge« liegen geblieben.« Alle zucken mit den Achseln. Dann passiert lange Zeit nichts.

Seite 336 ... Ein Arzt! Ein Arzt! Aufgeregt blicke ich auf den Mann im weißen Kittel, der den Raum betreten hat. Er nimmt ein paar Akten von einem Tisch und verschwindet wieder. In der Kabine neben mir leises Weinen.

Seite 527 ... Wieder ein Mann im weißen Kittel. Ein Arzt? Er geht in eine der Vorhangkabinen: »Ah, Frau Schablowski! Wie geht's uns denn heute?« Ein Arzt, ohne Zweifel.

Dr. Sohla stellt sich Frau Schablowski vor, und die alte Dame jammert nun ein bisschen vor sich hin. Ich erfahre interessante Dinge über den Alltag, der mir auch mal bevorstehen könnte, bekäme ich ein künstliches Hüftgelenk. Schön scheint das nicht zu sein. Frau Schablowski schildert ihre Schmerzen, ihre Schlaflosigkeit, ihre Unbeweglichkeit. Wir anderen Patienten sprechen ihr von Zeit zu

Zeit aus unseren Kabinen Trost und Mut zu. »Bitte!«, ermahnt uns der Arzt, »das hier ist ein vertrauliches Patientengespräch! Etwas Diskretion bitte.« Wir entschuldigen uns. Schließlich ruft er seiner Helferin, die am Tisch, der unseren Stoff-Kabinen gegenüber steht, diverse Medikamentennamen zu, »und dann noch *Solifenacin* gegen den ständigen nächtlichen Harndrang!« Die junge Frau tippt eilig mit, jemand aus der Nachbarkabine gibt zu bedenken, dass er aber schlechte Erfahrungen mit dem Mittel gemacht habe, sie solle es doch vielleicht einfach mit *Granufink* versuchen. Dann will Frau Schablowski noch eine Frage im Namen ihres Mannes stellen, dem ja nicht nur das Gehen so schwer falle, sondern auch das lange Sitzen, aber Dr. Sohla verweigert jede Auskunft mit dem Hinweis auf die ärztliche Schweigepflicht, das würde sie doch sicher verstehen.

Seite 619 ... Dr. Sohla guckt zu mir rein. »Ah, ein junger Herr! Ich komme gleich zu Ihnen, ich muss nur rasch nach vorne, noch was in die Post geben.«

Seite 746 ... Fast glaube ich an eine Sinnestäuschung, als ich vor mir plötzlich einen Arzt sehe. Aber doch, keine Frage, Dr. Sohla ist zurück! Ich kann mein Glück kaum fassen. Ich muss mich kurz sammeln, um mir in Erinnerung zu rufen, wer ich bin, was ich hier eigentlich mache und wieso ich hier seit heute morgen herumsitze, da sagt er: »Ganz kurzen Moment noch, bin gleich wieder da.«

Seite 763 ... Ich bin etwas unwirsch, dass ich schon wieder in meiner Lektüre gestört werde. Aber Dr. Sohla will unbedingt mit mir sprechen. Na gut, meinetwegen. »Was gibt's denn?«, fahre ich ihn an.

Dann fällt mir alles wieder ein, und ich schildere ihm mein Problem. Ich muss den Schuh ausziehen, einmal kurz meinen Fuß vorzeigen, er drückt irgendwo drauf, ich schreie auf, er sagt: »Oh, oh. Das könnte ein Ermüdungsbruch sein.« Ein Ermüdungsbruch! Das klingt äußerst plausibel. Müdigkeit. Ich spüre immerzu eine große Müdigkeit. Es wird immer schlimmer – wenn ich die Zeitung aufschlage, wenn ich ins Internet gucke, wenn ich mir die Meinungen von irgendwelchen Leuten anhören muss. Klar, dass da mal was kaputt geht.

Dr. Sohla fummelt jetzt ein bisschen an meinem Fuß herum, drückt mal hier und mal dort. Dann verkündet er sein Verdikt: »Doch kein Ermüdungsbruch. Nur eine Entzündung.« Och. Da sind wir beide fast ein wenig enttäuscht. Und was soll ich jetzt tun? »Legen Sie einfach die Füße hoch, bewegen Sie sich möglichst wenig und belasten Sie den Fuß nicht.« Ich schaue ihn misstrauisch an. Will der mich verarschen? Das ist doch keine ordentliche medizinische Anweisung! Bisher hat mir noch jeder Arzt gesagt, ich solle Sport treiben, viel rumlaufen, mich mehr bzw. überhaupt mal bewegen. Und jetzt das: die Beine hoch legen.

Das Grundproblem seien ohnehin meine Füße, führt Dr. Sohla nun aus, er schicke mich jetzt mal zum Orthopädietechniker, der mache ein Ganganalyse und anschließend Einlagen. Der sei auch praktischerweise gleich hier mit in der Praxisgemeinschaft, da könnte ich direkt rübergehen. Da spare ich richtig Zeit.

Seite 774 ... Die Orthopädietechnikersprechstundenhilfe ist ein wenig besorgt, weil es schon so spät ist. Aber ich soll mich mal setzen, sie würde mich schon noch mit einschieben.

Seite 808 ... Der Orthopädietechniker! Vorsichtig schleiche ich ihm in seine Fußwerkstatt hinterher, damit vor lauter Müdigkeit nicht doch noch was bricht. Er werde jetzt eine Ganganalyse machen, um passende Einlagen anfertigen zu können. Alle halbe Jahre müsse man die dann neu anfertigen lassen, klärt er mich auf. Na toll, denke ich, bei den Wartezeiten – da kann ich dann gleich hier einziehen.

Jetzt muss ich über eine elektronische Fußmatte gehen, der Computer misst dann Belastungszonen, Gewichtsverteilung und all so was. Nachdem ich ein paar Mal über die Matte gehinkt bin, bittet er mich zur Auswertung vor seinen Monitor. Er sieht sehr traurig aus. Anklagend deutet er auf den Bildschirm, auf dem das Abbild eines menschlichen Fußes in allerlei Farben zu sehen ist. Das sei wie eine Wärmefotografie, erklärt er, blau stehe für kalt und rot für heiß, nur dass das hier eben nicht Temperaturen seien, sondern der Druck, der auf einer Stelle des Fußes laste. Nun rollt der Fuß elegant über den Monitor, die roten und blauen und gelben und grünen Flächen wandern geschmeidig mit jeder Schrittphase auf der Fußsohle von hinten nach vorne. Ich bin überrascht: Sieht doch eigentlich ganz gelenkig aus. Das sei also der normale Gang, so wie er sein sollte, erklärt der Orhopädietechniker, nur mal so zum Vergleich. Und nun kommen wir zu meinem Gang. Wieder ein Fußabbild auf dem Monitor, das ganze Ding leuchtet rot auf, da rollt nichts, wie bei einem Elefantenfuß dengelt das ganze Teil auf den Bildschirmboden. Der Techniker blickt jetzt noch trauriger auf den Monitor, dann seufzt er tief. »Wissen Sie«, beginnt er zu erläutern, »die Füße sind wie die Grundmauern bei einem Bauwerk, die Füße sind das Fundament des ganzen Körpers.« Es folgen lange, bildreiche Ausführungen, die mir verdeutlichen, dass mein Körperbauwerk in Bälde nur noch eine rauchende Ruine sein wird, denn das Fundament ist rissig, morsch und bröselig, und im Prinzip sei es ein Wunder, dass nicht längst alles eingestürzt ist. Schließlich macht er mir hinreichend deutlich klar: Ich bin die Twin Towers, und wir befinden uns am Vorabend des 11. September.

Falls überhaupt noch irgendetwas zu retten sein sollte, dann nur durch den sofortigen Rettungseinsatz des Orthopädietechnikers. Er empfiehlt mir das volle Programm: Neue Einlagen sowieso, und zwar halbjährlich, und außerdem würde die Krankenkasse den orthopädischen Umbau von drei Paar Schuhen finanzieren, den er vornehmen könne. Dann hätte ich auf jeden Fall drei orthopädisch richtige Paare, und für die anderen müsste ich dann eben die Einlagen nehmen. Ich schaue ihn irritiert an. Drei Paar Schuhe? Und für die anderen soll ich Einlagen nehmen? Ich bin nicht ganz sicher, ob es schlau ist, was ich jetzt tue, aber ich sage es ihm einfach: »Ich habe nur dieses eine Paar Schuhe.« Er wirkt so erschüttert, als sei sein Körperbauwerk gerade von einem mächtigen Jumbojet getroffen worden.

Ich habe ja nie verstanden, wieso Leute so viele Schuhe haben. Die muss man doch gar nicht waschen, wie Kleidung. Die kann man einfach immer wieder anziehen, bis sie alle sind, und dann kauft man neue. Das ist wie mit Milchtüten oder Butterpaketen. Da kauft man ja auch nicht mehrere von, um sie gleichzeitig zu benutzen.

Der Orthopädietechniker aber fängt noch einmal mit den Fundamenten an, er redet intensiv auf mich ein, und schließlich verlasse ich die Fußwerkstatt mit dem festen Auftrag, sofort ins Schuhgeschäft zu gehen.

Als ich auf die Müllerstraße trete, blinzle ich etwas im Abendlicht. Was für ein Tag! Seit dem Frühstück im Orthopädenhaus, fast einen ganzen dicken Roman durchgelesen, und nun als Resultat die Anweisung, mich möglichst wenig zu bewegen und jede Menge Schuhe zu kaufen. Jetzt schnell nach Hause, erstmal die Füße hochlegen.

Die Anforderungen

zur Vergabe von Ausbildungsplätzen scheinen mir manchmal doch etwas hoch angesetzt

Mein alter Freund und Bühnenkollege Roger Trash aus Münster war zu Besuch, für vier Tage, zu einer kleinen Auftrittstour in der Stadt. Er müsse mal wieder was erleben, hatte er zur Begründung angeführt, in Münster sei ja nichts los.

Als wir nach seinem ersten Auftritt nachts auf dem Heimweg aus dem Schacht des U-Bahnhofs Seestraße kommen, fallen uns gleich die Absperrbänder um den *Zeeman Textilsupers* auf. Das war aber auch lange schon mal überfällig, denke ich, warum erst jetzt? Der nächtliche Hunger verlangt noch nach einem Zwischenstopp im *Saray*, unserem blockeigenen Döner-Provider. Als wir den Laden betreten, fallen uns gleich zwei kopfbetuchte Damen auf, die auf allen Vieren kriechen und dabei den Boden wischen. Das war aber auch lange schon mal überfällig, denke ich, warum erst jetzt? Zeigt die Ekel-Imbiss-Liste aus dem fernen Pankow Wirkung? Auf der veröffentlicht wird, wenn bei Prüfungen in einem Restaurant Fettspritzer und tote Kakerlaken auffallen? Nein, erklärt Tariq, der diensthabene Dönerschnitzer, Fettspritzer und tote Kakerlaken seien nicht das Problem, sondern Blutspritzer und ein fast toter Jugendlicher. Er sei gerade eben erst abtransportiert worden. Sie haben ihn direkt auf der anderen Straßenseite, vor dem *Zeeman*, abgestochen, das habe er genau beobachtet. Der Junge hat sich noch über die Müllerstraße in den Laden geschleppt, und jetzt haben sie die Schweinerei – dabei hätten sie doch nun wirklich nichts mehr für ihn tun können, der Notruf sei ja schon abgesetzt gewesen. Wir schlucken. Was denn gewesen ist, wollen wir wissen. Ach, sagt Tariq, wie das halt so ist bei den Jungs: um Mädchen sei es natürlich gegangen. Der sei mit einem Kumpel und drei Mädels unterwegs gewesen, so ganz aufgedonnerte, unverschleierte Mädels, und die andere Gruppe – wahrscheinlich Araber, betonte Tariq, der Türke – hätte die Mädels, nun ja: angesprochen und wohl auch ein bisschen angefasst, und dann hätte der Junge sich eben dazwischen gestellt und dann hätten die anderen ihn eben abgestochen. Er habe ja immer gesagt, dass sei nicht gut, wenn die jungen Dinger nachts noch draußen rumlaufen, so aufreizend, das sei ja alles kein Wunder.

Aus der Zeitung entnehmen wir später, dass der 18-jährige Junge, Jerome, nach einer Not-Operation im Virchow überlebt hat. Und, wie die *B.Z.* freudig verkündet, habe er Riesenglück gehabt: Nicht nur, dass er überhaupt überlebte, nein, jetzt hat er auch noch ein Angebot für eine Ausbildung bekommen. Als Personenschützer. Michael Kuhr, 6-maliger Kickbox-Weltmeister, ist Chef eines großen Security-Unternehmens. Die *B.Z.*: »*Als der Bodyguard vieler Prominenter (u. a. Angelina Jolie) von der mutigen Tat erfuhr, machte er sich sofort auf den Weg ans Krankenbett.*« Gutes Personal ist ja bekanntlich schwer zu finden. Jedenfalls soll der Junge nun eine Ausbildung zum Bodyguard erhalten, er hat schon begeistert angenommen, schließlich sei er selbst begeisterter Thaiboxer. Die *B.Z.* weiter: »*Auch der Regierende Bürgermeister Klaus Wowereit ehrte Jerome für sein beherztes Einschreiten. Über seinen Protokollchef ließ er ihm Dankesgrüße für sein couragiertes Handeln ausrichten. Dazu gab es Blumen und einen Berlin-Pralinenkasten.*« »*Hier erhält Jerome den Lohn der Tapferkeit*«, ist die Schlagzeile des Artikels. Der Lohn der Tapferkeit: ein paar Stiche in den Bauch, einen Job als Bodyguard von einem ehemaligen Kickbox-Weltmeister und eine Schachtel Berlin-Pralinen vom Protokollchef des Regierenden Bürgermeisters. Ich denke, damit wird das Problem mangelnder Zivilcourage bald erledigt sein.

Als Roger, Frank Sorge und ich Donnerstagnacht nach den Brauseboys, so gegen 2 Uhr morgens, über die Amsterdamer Straße zurück nach Hause wanken, rauschen direkt hintereinander fünf Polizeiwagen an uns vorbei. »Da ist wohl wieder einer abgestochen worden, was?«, scherzt Roger. »Klar, jede Woche zwei Mal, so ist es hier Brauch«, erwidere ich. Aber etwas beunruhigend finde ich es doch, dass die Wagen keineswegs irgendwo in die Tiefen der Stadt entschwinden, sondern am Ende der Amsterdamer stehen bleiben und die grauen Häuserwände in blauem Stroboskoplicht aufleuchten lassen. Zwei Notarztwagen sind auch dazu gekommen. Roger will gucken: »Ey, Mann, ich bin aus der Provinz, da gibt es das nicht jeden Tag!« Frank und ich wollen lieber nach Hause, außerdem, so geben wir zu bedenken, wäre es generell die klügere Strategie, sich von ungewöhnlichen Ereignissen lieber fernzuhalten, sofern man kein gesteigertes Interesse an Pralinen habe. In dem Moment kommen drei Polizisten mit einem Mann etwa meines Alters aus dem Hauseingang. Der Mann trägt ein T-Shirt und Handschellen, seine Arme und Hände sind blutverschmiert. Jetzt will Roger doch nicht mehr gucken, wir gehen schnell weiter.

Im Polizeireport lese ich am nächsten Morgen unter der schönen Überschrift »Lette ersticht Letten«, dass unsere nächtliche Begegnung bei einer privaten Feier einen Besucher aus der Heimat erstochen habe, der über das Wochenende dort untergekommen war. Roger versichert mir, er wolle sowieso bald wieder abreisen. Wir lesen weiter: Nachbarn haben die Polizei gerufen, das Opfer starb trotz Reanimationsversuchen noch am Tatort. Niemand der Leute in der Wohnung habe eingegriffen. Von denen brauchte wahrscheinlich niemand einen Ausbildungsplatz.

Als ich in einer der nächsten Nächte gegen drei Uhr nach Hause gehe, sehe ich von weitem, wie eine Schar Jungmänner aus einem dieser merkwürdigen Nur-für-Mitglieder-Clubs recht auffällig lärmend auf die Amsterdamer Straße drängt. Ich überlege kurz. Ich wohne hier seit 17 Jahren, mir ist noch nie etwas passiert, denke ich. Das soll auch so bleiben. Ich drehe um und umkreise den Block weiträumig über die Seestraße. Ein bisschen Bewegung tut ja ganz gut, ich müsste eh mal was für meine Linie tun – und da sind Pralinen nun in jedem Fall kontraproduktiv.

Brötchenzange

Schon wieder Besuch aus der alten Heimat. Er verlangt zu essen. Soll er sich doch was holen! Der Besuch will nicht alles alleine schleppen. Warum nicht? Muss ich doch sonst auch! Der Besuch merkt an, dass – beurteilt nach der Vorratslage bei mir – ich für gewöhnlich garantiert nicht viel zu schleppen hätte. Na ja, wo der Besuch Recht hat, hat er Recht. Der Besuch merkt außerdem an, dass er fachkundiger Führung bedürfe. Auch da hat er zweifellos Recht. Also komme ich mit.

Zunächst will er zum Bäcker, Brötchen kaufen. »Das geht nicht«, informiere ich ihn. »Wieso das denn nicht?«, fragt er erstaunt. Ich erkläre ihm das Berliner Brötchenmysterium. Dass hier ansässige Bäcker sich in ihrem Meister-Amtseid verpflichten, auf keinen Fall genießbare, knusprige oder auch nur gesundheitlich unbedenkliche Backwaren dieser Art herzustellen. Er sieht mich zweifelnd an. Er glaubt mir nicht. Warum will er erst die Begleitung eines Einheimischen, wenn er dann doch alles besser weiß? Beim *Reichelt* in der Müllerstraße dasselbe Spiel: Er will zur Backtheke gehen. Nur mit Mühe gelingt es mir, ihn daran zu hindern. »Lass das! Da steckt doch ein Bäcker dahinter!« Ich zeige auf ein weit entferntes Regal: »Da hinten ist die Selbstbedienungs-Brottheke. Außerhalb der Reichweite des Bäckers. Da liegen die richtigen Brötchen, die sie als Rohlinge vermutlich nachts aus Westdeutschland einschmuggeln und dann fix hier aufbacken. *Die* kann man essen!« Sein Blick ist zweifelnd, aber er fügt sich.

Er zupft sich eine der Klarsichttüten vom Haken, öffnet das Brötchenfach und, ich traue meinen Augen kaum: Er nimmt eine der Zangen, die daran baumeln. Fasziniert beobachte ich das weitere Geschehen. Die Zangen sind mit kleinen Ketten gegen Entwenden gesichert. Und zwar, sicher ist sicher, sehr gut gegen Entwenden gesichert. Man kann sie nämlich gar nicht richtig abnehmen. Die Kette ist viel zu kurz. Grotesk sieht es aus, wie der Besuch verzweifelt versucht, mit den äußersten Spitzen der Greifer ein Brötchen zu packen. Er bekommt sie immer nur an einem Ende zu fassen. Erschwerend kommt hinzu, dass diese Zangen natürlich für alles Mögliche konstruiert sein mögen, aber ganz sicher nicht dafür, Brötchen mit ihnen zu greifen. Dafür sind sie viel zu klein, man kann sie nicht weit genug öffnen. Sie hängen da halt, weil das Lebensmittelhygieneamt das so will. Auf den Brötchenfächern kleben große Aufkleber, auf denen auf leuchtend rotem Grund in weißer Schrift steht: »Aus hygienischen Gründen die Ware bitte nur mit der Zange anfassen.« Der Weddinger aber achtet grundsätzlich nicht auf irgendwelche Zettel, die irgendwo rumhängen. Falls er sie doch mal wahrnimmt, lacht er ausgelassen.

Mein Besuch aber liest erstens tatsächlich aushängende Anweisungen und will sich zweitens auch noch danach richten. Also stochert er hilflos mit der Zange im Fach mit den Brötchen herum. Wenn er mal eines zu fassen kriegt, springt dieses beim Versuch, es herauszuziehen, im großen Bogen davon, weil die Zange eben nicht weit genug geöffnet werden kann, um den ganzen Umfang zu umfassen. Andere Kunden gesellen sich zu mir und betrachten das Schauspiel. »Och, das ist ja spannend«, flüstert mir eine ältere Dame zu. Eine andere packt schon das Wettfieber: »Was meinen Sie: Ob er wirklich eines mit der Zange in die Tüte kriegt?«

Der Besuch aber gibt nicht auf. Er kann es nicht fassen. Man kann ganz wunderbar die verschiedenen Schritte des

Erkenntnisprozesses bei ihm beobachten. Zunächst, nach den ersten vergeblichen Versuchen, ungläubiges Erstaunen. Das muss doch irgendwie gehen, denkt der Besuch völlig unbegründet, und man sieht, wie es in ihm arbeitet. Wie er nach einem Trick sucht. Nach einer Lösung. Ja, das hat die Menschen groß gemacht. Sie versuchen, die Situation zu erfassen und einen Weg zu finden. Allerdings aus der evolutionären Erfahrung heraus, dass alles auf nachvollziehbaren Gesetzmäßigkeiten beruht. Das gilt aber natürlich nicht für den *Reichelt*. Der Besuch jedoch glaubt an ein sinnvolles System. Er sieht die Zange, das Brötchen und die Tüte und denkt, diese Dinge müssten in irgendeiner funktionalen Beziehung zueinander stehen. Jetzt nestelt er an der Kette herum und sucht nach einem Mechanismus, sie zu verlängern. Dann zieht er kräftig daran und hofft darauf, sie könnte nachgeben. Als Nächstes begutachtet er die Zange, ob man da irgendwas einstellen kann, damit sie sich weiter öffnen lässt. Kann man natürlich nicht. Dieselben Zangen stecken schließlich auch in den Olivenbottichen am Antipasti-Stand. Dafür sind sie vermutlich konstruiert. Andere Supermarktkunden kommen hinzu, angelockt von dem außergewöhnlichen Schauspiel. Wir machen es uns gemütlich und schauen gespannt zu. Der Besuch verliert allmählich die Nerven. Er wird zornig. Ruckelt heftig an der Kette. Stochert wüst in dem Brötchenfach herum. Die Verkäuferinnen gucken mitleidig. Sie dürfen nichts sagen, sonst kommt das Lebensmittelhygieneamt. Durch die Wucht seiner Stöße und Greifversuche springen die Brötchen lustig wie ein Heuschreckenschwarm aus dem Fach heraus und landen auf dem Boden. Der Besuch resigniert.

Eine Oma erbarmt sich. »Sehen Sie, junger Mann, das ist doch ganz einfach.« Sie macht das Fach auf, langt mit der Hand hinein und hat ruckzuck ihre Brötchen in der Tüte. Der Besuch sieht sie desillusioniert an, tut es ihr zermürbt nach und schleicht davon. Die Menschentraube um das Regal herum löst sich leise murrend auf. Die

Verkäuferin kommt mit Handfeger und Kehrblech, fegt die Brötchen zusammen und kippt sie wieder in das Fach. Dabei grummelt sie vor sich hin: »Immer dasselbe mit diesen Touristen! Und ich darf den ganzen Mist wieder auffegen.« Dann knallt sie energisch den Deckel zu, auf dem bis in alle Zeiten in weißer Schrift auf leuchtend rotem Grund prangen wird: »Aus hygienischen Gründen die Ware bitte nur mit der Zange anfassen.«

Der Seoul-Imbiss

Schon seit ich an der Seestraße wohne, ist dort auf halber Höhe zwischen Müller- und Amrumer Straße auf der rechten Seite ein koreanisches Restaurant. Früher war es ein eher gehobener Laden, bei dem ich zum ersten und einzigen Mal in meinem Leben Rochen gegessen habe. Das Geschmackserlebnis ist mir allerdings nicht in Erinnerung geblieben, es war wohl so aufregend nicht. Dann wechselte der Betreiber, und der Laden wurde zum *Seoul-Imbiss*. Neugierig über das neue kulinarische Angebot in der Nachbarschaft ging ich mit meinem Freund Backen dort hinein.

Hinter der Theke standen zwei mutmaßliche Koreaner, lächelten uns höflich an, nickten freundlich und deuteten mit den Händen auf die drei freien Tische, denn wir waren die einzigen Gäste. Wir setzten uns und schauten uns um. An den Wänden hingen zahlreiche Zettel, vermutlich mit den Angeboten des Tages. Vermutlich deshalb, weil es sich ausschließlich um mutmaßlich koreanische Schriftzeichen handelte, und auf die Idee, dass es sich um Gerichte handeln könnte, kamen wir a) aufgrund der Platzierung in diesem Imbiss und b) aufgrund der Euro-Preise, die dahinter standen. Die Getränke nahm man sich selbst aus dem Kühlschrank. Ich holte uns zwei Bier, dann warteten wir. Die beiden Männer hinter dem Tresen waren eifrig mit Schnipseln, Hacken und Braten beschäftigt. Offenbar hatten sie eine Großbestellung zu bearbeiten, sodass sie nicht mal die Zeit fanden, uns die Karte zu bringen. Wir aber hatten es nicht eilig, unterhielten uns und tranken. Nach einiger Zeit bekamen wir immerhin schon mal Teller vorgesetzt, und bald darauf tauchte einer der beiden Koreaner wieder an unserem Tisch auf. Aber statt einer Karte brachte er uns irgendwelche undefinierbaren frittierten Dinge, die er unter höflichem Nicken und Lächeln auf unsere Teller legte. Wir waren überrascht, nahmen das aber als kleine Aufmerksamkeit gerne an. Die Wasauchimmerkügelchen schmeckten recht gut. Wir fanden lobende Worte in Richtung Tresen. Dort schien man sich zu freuen, nickte eifrig und werkelte weiter. Bald darauf folgten Wasauchimmerbröckchen. Auch diese waren sehr lecker, aber jetzt fanden wir es doch genug der Aufmerksamkeiten und fragten nach der Karte. Die beiden Koreaner nickten eifrig, lächelten und brutschelten weiter. Dann brachten sie uns Wasauchimmerstangen, bald darauf Wasauchimmerscheiben und schließlich Wasauchimmerpflanzenhack. Dann waren wir pumpelsatt. Dabei hatten wir noch gar nichts bestellt. Als der Koreaner nun mit Wasauchimmerspießen erschien, mussten wir dankend ablehnen. Er guckte einen kurzen Moment sehr traurig, sagte irgendetwas auf mutmaßlich Koreanisch, wir erwiderten, dass wir leider schon satt seien, er ging zurück hinter seinen Tresen und tauchte bald darauf mit Wasauchimmermedaillons bei uns am Tisch auf.

Die Lage begann uns zu beunruhigen, irgendwie mussten wir uns verständlich machen. Wir strichen uns mit großen Gesten über den Bauch, betonten eindringlich, wie lecker alles gewesen sei, dass wir nun aber satt wären, und unterstrichen dies mit abwehrenden Handbewegungen. Nun hellte das Gesicht des mutmaßlichen Koreaners auf, er lächelte wieder und nickte beflissen, dann kam er bald darauf mit einem kleinen Zettel zu uns, auf dem eine Zahl stand und dahinter ein Euro-Zeichen. Offenbar der Preis. Wir zeigten noch auf unsere Getränke, er nickte eifrig, aha. Anscheinend alles drin. Wir legten die acht Euro auf den Tisch und gingen verdutzt nach draußen. »Ob der Laden eine große Zukunft hat?«, sinnierte Backen auf dem Nachhauseweg.

Hatte er nicht. Drei Mal noch konnten wir ihn besuchen. Beim zweiten Besuch hatten sie auf ein Selbstbedienungsbuffet umgestellt, bei dem man sich Wasauchimmer aus allen möglichen Töpfen und Schalen selbst klauben konnte. Dazu brieten sie nach wie vor Wasauchimmer, dass sie einem dann zwischendurch auf den Teller warfen. Dazu gab es jetzt immerhin ein Schild auf Deutsch, auf dem stand: Buffet 5 €. Beim darauf folgenden Besuch war alles wie gehabt, lediglich das Schild war um einen Passus erweitert worden: Buffet 5 € stand da immer noch, darunter klein und in Klammern: »wenn nicht alles aufgegessen: 6 €«. Wir waren bezaubert. Und beim dritten Mal gab es zusätzlich nun doch eine Speisekarte, sogar in Deutsch, allerdings handelte es sich ausschließlich um Transkriptionen der mutmaßlich koreanischen Namen, sodass wir als der koreanischen Gastronomie Unkundige immer noch nur Bahnhof verstanden und einfach lustig irgendwelche Gerichte rieten, deren Preis uns auf eine angemessene Mahlzeit hoffen ließ.

Backen bestellte etwas, das Kim-Chi hieß. Den Namen habe ich mir gemerkt. Er bekam eine große Wasauchimmerroullade vorgesetzt, Kim-Chi eben, schnitt misstrauisch eine Gabel davon ab, führte sie in den Mund, und anschließend konnte ich sehr schön die Folgen des zu scharfen Essens beobachten. Die mutmaßlichen Koreaner lächelten höflich und nickten dabei schnell und eifrig, auch als Backen aufs Klo stürzte, während der unwürdigen Geräusche und nachdem er geknickt zurückgeschlichen kam: Nicken und Lächeln. Noch drei Tage später jammerte Backen über seinen brennenden Hintern. Bei unserem nächsten Besuch hing ein großes Schild »Neue Bewirtschaftung« im Schaufenster des *Seoul-Imbiss*.

Schade eigentlich.

Die mutmaßlichen Koreaner, die den Laden jetzt führen, haben immerhin deutsche Erklärungen hinter die

Namen der Speisen gesetzt. Womöglich würde ein progressiver, weltläufiger Deutscher aus dem Prenzlauer Berg beanstanden, dass das Essen gar nicht echt sei, sondern viel zu angepasst an den deutschen Geschmack; ganz so, wie sie es immer tun, die weltläufigen Deutschen, denn darin, dem Ausländer zu erklären, wie Ausländisch richtig geht, sind sie seit jeher unschlagbar. Zum Glück würden es die mutmaßlichen Koreaner gar nicht verstehen und müssten sich nicht ärgern, denn Deutsch können sie ebenso wenig wie ihre Vorgänger.

Der erste Elternabend

Jetzt ist es passiert. Jetzt bin ich endgültig richtig Eltern. Vater bin ich ja schon seit zweieinhalb Jahren, aber Eltern, das ist ja doch noch mal was anderes. Vater, das klingt eben nach Kind, nach väterlich, nach niedlich, irgendwie auch noch danach, dass es dazu ja schließlich auch mal gekommen sein muss. Eltern aber klingt nur noch nach erwachsen, nach Verantwortung, nach Lebensunterhalt für die Familie. Man könnte all das, was da mitschwingt, auch so zusammenfassen: Väter, das klingt so, als könnten sie noch Sex haben. Eltern aber auf gar keinen Fall.

Da trifft es sich ganz hervorragend, dass ich nun also auf den ersten Elternabend meines Lebens gehe. Unser Sohn ist sechs Wochen zuvor in die Kita gekommen – Kindergarten hieß das früher bei uns, aber da ich mich noch dunkel erinnern kann, dass ich selbst mal in den Kindergarten gegangen bin, gefällt Kita mir weitaus besser, denn in eine Kita bin ich garantiert nicht gegangen damals. Und heute steht er an, der erste Elternabend der Kita-Saison, mein erster Elternabend. Jetzt bin ich Eltern.

Ich werfe mir die erforderlichen Medikamente ein, die mich hoffen lassen, den Abend halbwegs zu überstehen. Denn seit das Kind in der Kita ist, sind wir ununterbrochen krank. Offenbar hat jeder Krankheitserreger, der die Stadtmauer von Berlin überwunden hat, sein ganz privates kleines Refugium in unserer Kita gefunden. Dort geht es ihm gut, dort erholt er sich von den Strapazen in der Welt da draußen, dort regeneriert er sich und dort mutiert er ein bisschen vor sich hin, um in neuer, noch schlagkräftigerer Ausführung wieder den beschwerlichen Weg durch die Atemwege und Magen-Darm-Trakte der Stadt anzutreten, die Kinder als willfährige trojanische Pferde nutzend und über deren Eltern ihren nächsten Vernichtungsfeldzug beginnend.

Also, kurz noch die Nase putzen, und dann los, ehe sich alles wieder neu gebildet hat.

Auf das Eingangstor der Kita streben andere Menschen zu. Ach was, Menschen. Sind sicher auch bloß Eltern. Merkwürdig, da draußen sind sie noch Schriftsteller und Angestellte, Lebensmittelhändler, Kleinkriminelle und Kneipenwirte, und in dem Moment, wo sie sich vom Menschenstrom auf dem Bürgersteig herausschälen in Richtung Eingang sind wir plötzlich alle nur noch Eltern. Wir nicken einander scheu zu, danach schniefen wir noch kurz unsere Taschentücher voll und werfen ein paar Halstabletten nach.

»Achtung! Wir haben Läuse!«, steht auf einem großen Schild am Eingang. Ich lache kurz auf. Läuse! Wenn's nur das wäre. Die kann man wenigstens sehen und tot machen. Ich fühle mich kurz versucht, das Schild zu ergänzen: »Achtung! Wir haben Läuse! Und Streptokokken und Pneumokokken und Staphylokokken und Kolibakterien und Grippe-Viren und Noro-Viren und wahrscheinlich auch Hanta-, Ebola- und Pest-Viren sowie Flöhe und Bandwürmer.« Achselzuckend gehen wir an der läppischen Läuse-Warnung vorbei und betreten schnaubend, röchelnd und hustend den Sitzungssaal. Das ist die Kita-Cafeteria. Ich lache erneut kurz auf, als ich die Stühlchen sehe, die für uns bereitgestellt sind. Ein Dreijähriger kann sicher bequem auf ihnen sitzen. Aber es hilft nichts. Hier sind wir Eltern, hier sitzen wir auf Kita-Stühlen. Merkwürdig zusammengekauert hocken wir auf den winzigen Stühlchen, die Knie praktisch vor der Nase, ein winziger Druckpunkt am Gesäß, einer Pinguinkolonie nicht unähnlich, als wollten wir alle unsere Eier auf den Füßen bebrüten und mit unserem Bauchspeck vor den tobenden Elementen schützen.

Die Erzieherin begrüßt uns freundlich und liest erst einmal eine Geschichte vor. Eine schöne Geschichte. Eine lehrreiche Geschichte. So weit man das zwischen dem Gejapse und Gekeuche hören kann. Ich glaube, sie handelte von zwei Bakterien, die lernen, dass gemeinsam alles viel besser geht und sie ihr Ziel Hand in Hand erreichen können, wenn man ihnen nur genug Freiheit lässt, um sich zu entfalten. Vielleicht habe ich aber auch nicht richtig hingehört und es waren gar keine Bakterien. Aber so ähnlich war es schon.

Dann werden wir mit den Organisationsstrukturen und Mitarbeitern vertraut gemacht. Und mit den Stasi-Akten, die über jedes Kind geführt werden. Vielleicht habe ich aber auch nicht richtig hingehört und es waren gar keine Stasi-Akten. Aber so ähnlich war es schon. Dort wird alles gewissenhaft gesammelt:

Bilder, Scherenschnitte, Verhaltensmuster, politische Äußerungen. Vielleicht waren es aber auch gar keine politischen Äußerungen. Auf jeden Fall gibt es Sprachfortschrittsbögen. Darin wird dokumentiert, in welchem Lebensmonat welche Wörter wie ausgesprochen werden. Das kommt dann später zur Schulreifebestätigung und irgendwann zum Abiturzeugnis und zu den Bewerbungsunterlagen.

»Ihr Master-Abschluss sieht ja ganz gut aus«, werden die Manager einst mit sorgenvoll gekräuselter Stirn sagen, »aber bei Ihrem Eintritt ins dritte Lebensjahr, da lagen Sie aber doch deutlich hinter den Anforderungen zurück. Ich weiß nicht, ob Sie in das Profil unseres Unternehmens passen.«

Nun müssen wir uns alle kurz vorstellen. Mit Fühlsäckchen. Jeder bekommt ein Säckchen, in das irgendwas eingenäht ist, das man dann erfühlen muss. Dann soll man raten, was es ist, und gibt das Fühlsäckchen an jemand anders, der es dann ohne weitere Beachtung vor sich auf den Tisch legt und sich vorstellt. Danach gibt der dann sein eigenes Fühlsäckchen an jemand anders.

Werner ist 58, Ur-Berliner, mit Schmerbauch und Goldkettchen: »Ick hab Linsen, würd ich ma tippen. Ick bin ja eintlich aus Tempelhof, wa, ick pass hier jar nich richtig hinne, aba meene Frau, die wollte unbedingt wieda innen Wedding, die is ja schon selbst hier im Kinderjaaten jewesen, wa, da bin ick eben mit jezogen.« Er ist nicht der einzige Migrant. Cenk ist türkischstämmig, hat Erbsen und einen An- und Verkaufsladen. Echimendi kommt aus Kamerun, hat Watte und eine Schwester, die die Kleine nachmittags abholt, und ich habe einen *Akopatz*-Putzschwamm und, wie ich gerade feststelle, jetzt wohl auch einen Magen-Darm-Virus und muss mich mal kurz entschuldigen. Özgül knibbelt sich derweil ein paar Läuse aus dem Schnäuzer.

Als ich wiederkomme, sind wir schon in den Individualgesprächen. Alishas Sohn sieht überall Männer und fragt die Erzieher, ob das in der Kita auch so sei. Er rufe dann immer »Erkek! Erkek!«, aber da sei gar kein Erkek, bzw. eben kein Mann. Das sei schon ein bisschen gruselig manchmal. Suna, eine Mongolin, beruhigt sie. Das ginge ganz vielen Kindern in dem Alter so, das sei eben das mystische Alter. Ihre Tochter hätte das auch mal gehabt, und sie sei sehr besorgt gewesen und habe sogar ihren Schamanen in Ulan-Bator angerufen, aber der hätte auch gesagt, dass alles okay sei mit dem Kind, es wären keine bösen Geister auszumachen. Wir sind beruhigt.

Gespannt warte ich auf die versprochen Features, die andere Eltern aus anderen Stadtvierteln mir angekündigt hatten, etwa die legendäre *Nutella*-Diskussion, oder Debatten über vegetarische oder Bio-Mittagsessen. *Nutella* und Schnitzel scheinen meinen Miteltern aber herzlich egal zu sein, nicht einmal die Strickpulloverfrau, die so dermaßen klischeemäßig nach hängengebliebener Altalternativer aussieht, dass ich jeden Moment damit rechne, dass sie eine Dose selbst gebackener Dinkelkekse auf den Tisch stellt, horcht auf, als der mit Würstchen und Spiegeleiern reich gesegnete Speiseplan der nächsten Woche kurz vorgestellt wird.

Wir lassen uns noch die besten Läuse-Shampoos empfehlen, helfen uns gegenseitig mit Hustenbonbons und Taschentüchern für den Rückweg aus, dann gehen wir nach Hause. Mit Mitvater Markus, der bei uns im Haus wohnt, gehe ich noch auf ein Bier ins *Sterlitz*. Er macht in modernen Wasserfarbengemälden und berichtet von seiner nächsten Ausstellung, ich erzähle ein wenig von meinem nächsten Buch. Allmählich werden wir wieder Väter, fast sogar Künstler und Schriftsteller. War eigentlich gar nicht so schlimm, der erste Elternabend.

Christenalarm

Das Geräusch raubt mir den letzten Nerv. Ein lautes, hohes, sirenenartig auf- und abschwellendes Heulen im obersten Frequenzbereich, und das schon seit Minuten. Mühsam schleppe ich mich aus der Wohnung, um die Quelle zu orten. An den Fenstern im Innenhof stehen schon andere Hausbewohner.

»Ey, stell das gefälligst aus!«, ruft mir ein Typ im Unterhemd aus dem zweiten Stock im Vorderhaus zu, ein anderer aus dem Dritten im Haus gegenüber brüllt: »Wenn ich dich kriege, reiß ich dir den Arsch auf.«

»Ich habe keine Ahnung, was das ist und wo das herkommt!«, verteidige ich mich, ehe die Nachbarn ein Pogrom anleiern.

»Das kommt doch von dir da unten!«, ruft Typ 1, während Typ 2 seine Intention noch einmal unterstreicht: »Ich reiß dir so was von den Arsch auf!«

Au weia, hoffentlich werde ich hier nicht zum Kollateralschaden. Da fällt mir etwas ein: »Sag mal, du bist doch dieser *Scorpions*-Fan, oder nicht?«

Typ 2 guckt verblüfft zu mir runter, dann versteht er: »Ey, sorry, du meinst wegen letzten Sonntagmorgen, wa? Tut mir leid, ey, ich war voll betrunken, und da wollte ich vorm Schlafengehen noch mal 'n bisschen was von früher hörn, verstehste, so 'n bisschen richtig geiler Rock, weißte, nich so diesen modernen Scheiß, 'n bisschen was fürs Herz.«

Typ Nr. 1 schaut empört zu ihm rüber: »Ey, du warst das, du Vollpfosten? Über eine Stunde lang *Wind of change*, sonntagmorgens, um acht Uhr? Bist du komplett wahnsinnig, oder was?«

Typ 2 ist merklich in der Defensive: »Echt, so spät war das schon? Mann, Mann, Mann, das war aber auch 'ne Nacht. Ey, ich glaub, ich hab da echt ein bisschen viel getrunken, ich hab da schon voll die Stimmen gehört!«

»Stimmen?«, ruft Typ 1, »das war ich! Ich hab in den Hof gebrüllt, dass der gottverdammte Wichser, der hier mitten in der Nacht mit diesem rührseligen Dreck den ganzen Block beschallt, schleunigst für Ruhe im Karton sorgen soll!«

»Ach, du warst das?«, brüllt jetzt etwas unvermittelt ein dritter Anwohner aus dem Seitenflügel, »du hast da die ganze Zeit rumgeblökt? Hast du sie noch alle? Als wäre dieses Weichei-Gejaule nicht schon schlimm genug!«

Typ 2 ist empört: »Weichei-Gejaule? Ey, das sind die *Scorpions*! Voll geile Mucke! Noch mit richtig E-Gitarre und so, weißte?«

Das kann den Seitenflügel nicht besänftigen: »Hör mir uff, *Wind of change!* Auf Repeat! Immer und immer wieder: *Wind of change!* Und dann noch das Dauergebrüll dazu, das ständige *Ich reiß dir die Eier aus, dir hamse wohl ins Gehirn geschissen, ich polier dir die Fresse, bisde nich mehr gradaus gucken kannst!* Und immer dazwischen: *where the children of tomorrow dream their dream*, das ist doch die Hölle! Über 'ne Stunde lang!«

Typ 1 guckt etwas betreten aus seinem Fenster. »Echt? Verdammt, ja, ich hatte auch ein bisschen viel getrunken, und dazu dann dieses Geheule, da kann man ja mal die Nerven verlieren, wa?«

Typ Nr. 2 wirkt jetzt sehr verwirrt. »Nee, nee, dein Geschrei habe ich gar nicht gehört, da hör ich überhaupt nicht mehr hin, da hab ich halt die *Scorpions* bisschen was aufgedreht, wa, nee, draußen, auf der Straße, da habe ich Stimmen gehört. Ich komm da so aus dem *See-Tank* über die Mittelpromenade rüber, freu mich noch, dass ich's über den Grünstreifen geschafft habe, ohne in Hundescheiße zu treten, gönn mir zur Belohnung noch 'n kleinen *Jägermeister*, schmeiß die Pulle ins Gebüsch, und plötzlich hör ich so 'ne Stimme: »Versündige dich nicht, Gott sieht alles« und so weiter, ey, das war voll der Schock, ich meine, ich weiß ja, *Jägermeister* ist scheiße, und ich trink das auch echt nur noch selten, und es waren ja auch höchstens zwei oder drei oder so, ich halt mich sonst wirklich ans Bier, aber dann gleich Jesus hören, das ist doch voll der Horror, also, da bin ich dann schnell nach Hause und musste erst mal 'n bisschen runterkommen.«

Typ 1 wird nachdenklich: »Wasn? Erst hörste Jesus und dann Klaus Meine? Ey, was ist denn das für'n Trip?«

Da kann ich erklärend eingreifen: »Ach, die Stimmen! Das sind nur die Christen im Vorderhaus. Die lassen da nachts gern so einen Jesus-Film laufen und übertragen den Ton dazu auf den Bürgersteig.«

Typ 1: »Um die Ratten zu missionieren, oder was?«

Typ 2: »Nee, die wollen, dass einem der *Jägermeister* nicht mehr schmeckt.«

»Nein, wir wollen Gottes Botschaft unter die Menschen bringen!« Im Hof ist der Oberchrist erschienen. Ein schmächtiges Kerlchen im weißen Hemd mit der Aura eines Archivars in einer sehr untergeordneten Behörde. Es ist wirklich ein schlechter Witz, dass diese Gestalten sich ausgerechnet Charismatiker nennen.

Ein weiteres Fenster geht auf: »Ey, was ist denn das für 'n für ne gottverdammte Gemeindeversammlung da unten! Und was für'n infernalisches Geheule!«

Der Oberchrist wirkt leicht erschrocken: »Entschuldigen Sie bitte! Das ist unsere Alarmanlage, ich stell sie sofort aus!« Damit verschwindet er im Hauseingang. Kurz darauf hört das Geheule auf. Eine wohltuende Stille ergreift den Hof.

»Ey, Gott sei Dank«, seufzt Typ 1.

Der Christ ruft aus dem Eingang. »Sehen Sie? Man muss Gott in seinem Leben nur erkennen!«

Typ 1 guckt konsterniert: »Du hasse ja wohl nich alle! Ich hab mit deinem Gott nix am Hut. Aber bestell deinem Allmächtigen mal bittschön, dasser demnächst dieses Geheule lassen soll, sonst komm ich direkt mit'm Leibhaftigen!«

»Entschuldigen Sie bitte noch einmal, das war ein Fehlalarm! Darf ich Sie dafür heute Nachmittag zu einem Apfelkuchen in unser Bet-Café einladen?«

»Apfelkuchen?«

»Bet-Café?«

»Ja, und Kaffee gibt's auch!«

Typ 1 fängt sich am schnellsten: »Nee, lass mal, ich hab's mit der Pumpe.«

Auch Typ 2 beißt nicht an: »Nee, danke, ich hab letzte Woche schon euren Rhabarberkuchen probiert, der war grauenhaft.«

Der Seitenflügel beendet den Missionierungsversuch schließlich elegant: »Nee, ich steh mehr auf Allah, weißtu?«

Und ich war schon in meine Wohnung geflüchtet.

Busfahrer Superstar

Es gibt Nachrichten, bei denen man sich erst einmal kräftig die Augen reibt, weil man es gar nicht glauben kann. Und dann wird einem bewusst, in welch unterschiedlichen Welten wir leben, selbst wenn nur anderthalb Stunden Zugfahrt dazwischen liegen. In Hamburg jedenfalls, so erfahre ich staunend, gibt es jetzt Sammelalben und -bilder, den berühmten *Panini*-Fußballbildchen ähnlich, mit – Achtung! – Busfahrern drauf. Also richtigen, echten Busfahrern, von den Hamburger Verkehrsbetrieben.

Die *heute*-Nachrichten berichten aus dieser fremden Stadt: *»Sie sind zwar keine Fußballstars, aber mindestens genauso beliebt. Die Mannschaften bestehen aus den Mitarbeitern der Busbetriebshöfe, die Stadien werden durch Busse ersetzt.« »Unsere Busfahrer sind Stars zum Anfassen«, betont Unternehmenssprecher Kay Goetze. 5000 Alben und eine Million Bilder wurden für die Aktion gedruckt.«*

*

Berlin, Müllerstraße/Ecke See. Der 120er fährt ein. Eine kleine Menschentraube steht an der Bushaltestelle, aufgeregt blättern Groß und Klein in ihren Sammelalben herum. »Ich glaub, es ist Kasulzke!«, ruft ein junges Mädchen begeistert. Dann öffnet sich mit lautem Zischen die Tür des Busses. Die Menge vor der Fahrertür macht keine Anstalten einzusteigen. »Sind Sie es, Herr Kasulzke?«, fragt eine ältere Dame und deutet aufgeregt in ihr Heft. Der Busfahrer guckt gar nicht erst hin: »Wat is! Wollnse nu mit oder nicht?!« Die Leute tuscheln aufgeregt. »Das *muss* Kasulzke sein!« *Zisch*, die Tür schließt sich wieder, der 120er fährt los Richtung Hauptbahnhof.

Die Menschen an der Bushaltestelle aber sind glücklich. Sie haben Kasulzke gesehen, ihren Kasulzke. »Fährt der nicht sonst immer auf dem 282er?«, fragt jemand. Die kleine Madeleine hat sich am Kiosk gegenüber gerade ein neues Tütchen mit Sammelbildern gekauft. »Ich hab einen Bolle!«, ruft sie begeistert, die anderen gucken neidisch. »Tauscht du gegen einen Gelenkbus Citaro O 530 GN?«, versucht ein anderer Dreikäsehoch es, aber Madeleine klebt glücklich ihren Hoppe auf das letzte freie Feld auf einer Doppelseite in ihrem Album, eine Galerie extrem übellaunig dreinschauender Männer mit Schnauzbärten, Ohrringen und imposanten Plautzen.

»Den Döner schlucken Se jetzt ma runter oder lassen den schön draußen!«, bellt eine Stimme aus der Mitte der Umstehenden, und jemand greift zu seinem Handy. Seit die BVG eine Auswahl der berühmtesten Zitate ihrer neuen Stars als Originalklingeltöne zum Download anbietet, schreibt das Verkehrsunternehmen endlich wieder schwarze Zahlen. Auch das Verkehrsaufkommen ist deutlich gestiegen. Kinder wollen ihre Stars sehen und fahren an die entlegendsten Winkel Berlins, plötzlich sind selbst die Linien 324 von Alt-Heiligensee nach Konradshöhe oder die 277 von Plänterwald nach Marienfelde-Stadtrandsiedlung randvoll mit BVG-Fans, die ihre Helden aus nächster Nähe erleben und ein paar Stationen mit ihnen fahren wollen. Nur anfassen dürfen sie sie nicht. »Finger weg!«, ist ein weiterer höchst erfolgreicher Klingelton, eingesprochen von den Interpreten Otto Suhlke und André Komatowski.

*

Die Hamburger Verkehrsbetriebe, so entnehme ich ihrem neusten Kundenmagazin, das merkwürdigerweise den Titel *in Kürze* trägt, haben ihre Fahrgäste dazu aufgerufen, Mottos zu finden, die nun in meterlangen Sätzen auf die Busse gepappt werden. Gewonnen hat der Spruch: »Was dem einen sein Auto, ist mir der Bus«, eingesandt von Frau Cornelis und nun auf Gelenkbus 0621 prangend. Zum Dank hat Frau Cornelis eine Führung über den Betriebshof Bergedorf gewonnen. So viel Glück hatten nicht alle, die ein Bus-Motto eingereicht haben, aber auch sie dürfen sich freuen, wenn demnächst der Bus mit ihren Sprüchen an ihnen vorbei fährt: »Mit der NASA zum Mars – mit der VHH PVG zum Mohnhof«. Oder ganz lokalpatriotisch: »Warwisch statt Warschau, Köthel statt Köln, Rausdorf statt Rheinland.«

*

Nein, ich weigere mich, mir vorzustellen, was passieren würde, wenn die BVG auf dieselbe Idee käme.

Ostern in der Unterschicht

»Papa, der Osterhase!«, ruft mein dreijähriger Sohn begeistert, als er in den Garten guckt. Verdammt, es ist nicht zu leugnen. Das Rattenproblem im Hinterhof ist wieder schlimmer geworden. Gut, dass er bislang nur Krickel malen kann, sonst würden wir in der Kita am Dienstag auffliegen. Die Osterratte hat aber ganze Arbeit geleistet: Beim gemeinsamen Vormittagsspaziergang findet der Kleine zahlreiche kleine Osternester mit Naschwerk aller Art: die Papptabletts von der *Mittelpromenade* mit üppigen Ketchup- oder Senfresten, aus den Dönern gefallene Fleischreste, vorm *See-Tank* eine große Lache Erbrochenes, es muss etwas mit Reis gegeben haben – die lieben Kleinen im Wedding haben ordentlich was zu suchen. Im Hauseingang zu dem seit Monaten leerstehenden ehemaligen Möbelgeschäft finden wir ein besonders stattliches Osternest, mit Spritzenbestecken und allem, es ist also auch etwas zum Spielen dabei. Und natürlich – schließlich ist Ostern das Fest der Fruchtbarkeit – ein prall gefülltes Kondom und ein zerrissener String-Tanga. Die Nacht der Auferstehung ist offenbar würdig begangen worden.

Nach dem Spaziergang geht es zum Spielen in unseren Innenhof. An diesen ersten Frühlingstagen lassen sich auch die Nachbarskinder wieder draußen blicken. Verblüfft stellen wir fest, dass sie schon wieder eines mehr geworden sind. Da haben die Nachbarn den Winter ja richtig genutzt. Zu fünft wollen sie nun zum Spielen anrücken. »Aber nur, wenn Eure Eltern es auch erlauben«, sagen wir scherzhaft, um ein bisschen den Schein zu wahren. Eine natürlich völlig sinnfreie Forderung. Woher sollen die lieben Kleinen denn wissen, wer ihre Eltern sind? Und wie sollten sie all diese Männer befragen? Geht gar nicht, wie Mandy, die Älteste, uns gleich erläutert, Papa sei nämlich jetzt im Gefängnis, der kommt nicht mehr wieder. Da ist er wohl doch mal nicht schnell genug über den Zaun gekommen, denke ich. Und Mama, fügt die Kleine gleich an, sei wieder schwanger. Es wird ein Junge, dabei hätte sie doch viel lieber noch eine kleine Schwester gehabt. Na ja, trösten wir sie, über kurz oder lang ist bestimmt auch mal wieder ein Mädchen mit dabei, da solle sie sich mal keine Sorgen machen.

Unsere Nachbarin verfolgt offenbar ein zeitgemäßes Unternehmenskonzept. Wie ich der Oster-*FAZ* entnehme, ist ihr Geschäftsmodell kein Einzelfall. Das Elterngeld von Familienministerin von der Leyen habe nämlich nicht den gewünschten Erfolg gebracht, lese ich dort. Die Zahl der Neugeborenen in Deutschland sei weiter zurückgegangen. Und: »*Schlimmer noch: Vor allem die qualifizierten Frauen streiken weiter.*« Sie streiken. Mit anderen Worten: Sie kommen ihrem Beruf nicht nach. Dem Gebären also. Schreibt die *FAZ*. Aber während die Gutqualifizierten noch im Ausstand sind, betätigen sich die Prekariaterinnen als Streikbrecher: »*Attraktiv ist das Geld vom Staat vor allem für Familien der Unterschicht. Ganz anders wirkte der Geldsegen der Ursula von der Leyen in den unteren Gesellschaftsschichten. Hier hilft es den Frauen, ihre Kinderwünsche umzusetzen. Es ist sogar ein Anreiz. Mehr als jedes zweite Baby wird in Deutschland in Familien geboren, in denen Geld knapp ist. Der Grund dafür ist einfach: Kindergeld, die 300 Euro Elterngeld, dazu vielleicht noch der Geschwisterzuschlag – die Hilfen des Staates erhöhen hier spürbar das Familieneinkommen. Kinder werden zum Geschäftsmodell.*« Unsere Nachbarin guckt kurz aus dem Fenster. Von wegen mütterliche Sorge. Die Lektüre der *FAZ* hat mir die Augen geöffnet. Hier schaut eine knallharte Jungunternehmerin, ob ihr Investmentfonds sich auch gut entwickelt. Was für ein Start-up! Die *FAZ*: »*46,9 Prozent der Frauen bekommen den Mindestbetrag von 300 Euro. Für viele Unterschichtenfamilien wirkt der familienpolitische Geldsegen als Anreiz, mit der Kinderzahl ihr Haushaltseinkommen zu erhöhen*«, aber die Umsätze der Gebär-GbR lassen sich natürlich nur durch stete Nachproduktion aufrechterhalten. Dafür lockt dann etwas, was es in der freien Wirtschaft praktisch gar nicht mehr gibt: eine Art Festanstellung. Oder, um es mit der *FAZ* zu sagen: »*Das Staatsgeld schafft hier schon fast so etwas wie einen sanften Beamtenstatus*«. Endlich wird die Frage nach der Verteilungsgerechtigkeit mal wieder deutlich gestellt, ausgerechnet von der *FAZ*. Denn die Kindermanufakturen aus der Unterschicht bekommen zwar nur 300 Euro pro Babyköpfchen, während besser Situierte immerhin bis zu 1800 Euro bekommen. Aber, und das ist das Perfide am Plan des kommunistischen U-Bootes von der Leyen, diese 1800 Euro sind für die Leistungsträger der Gesellschaft ja praktisch nix, es kommt schließlich immer auf die Relation zu den sonstigen Einnahmen an. Während die 300 Euro Transferleistung nach unten gleichbedeutend mit einem nicht versiegen wollenden Fluss aus Milch und Honig sind. Die *FAZ*: »*In einkommensarmen Schichten haben die familienpolitischen Transferleistungen durchaus den Charakter eines Erwerbseinkommensersatzes. Dort wirkt sogar die Erhöhung des Kindergeldes von 10 Euro entlastend.*« Es klingt ein bisschen angeekelt – sogar von 10 Euro! Das würden die Stützen der Gesellschaft ja nicht mal bemerken! Eine schreiende Ungerechtigkeit.

Eine extrem laut schreiende Ungerechtigkeit sogar, denn aus der Nachbarwohnung dringt ohrenbetäubendes Gekeife. Warum? Hat die da etwa noch mehr Kinder gebunkert? Nein, sagt Mandy, die Mama rede nur mit ihrem neuen Typen. Na klar, ein neuer Typ, es darf ja zu keinen

Produktionsausfällen kommen, wenn mal eine Maschine stillgelegt wird. Sie mögen nur Kleinunternehmer sein, aber sie haben die Gesetze des neoliberalen Kapitalismus schon voll verinnerlicht. Diese neue Wirtschaftsform wird dem Heuschreckenbegriff eine ganz neue Dimension geben. Das spürt jeder, der mal so einen Schwarm den eigenen Kühlschrank hat plündern sehen.

»Papa, da ist schon wieder ein Osterhase«, ruft mein Sohn von draußen. Ich denke, ich werde am Dienstag doch mal die Hausverwaltung verständigen müssen.

Wie wir mal ein Zeichen Gottes waren

(*Kursivtext Originalton Prediger Christian, aus dem Podcast der Gemeinde*)

Ein Heulen dringt durch den Innenhof. Verdammt, schon wieder Christenalarm. Aber nicht die Alarmanlage, sondern die Liveversion, mit Gesang. Ans Fenster traut sich deswegen schon lange keiner mehr. Die Nachbarn haben Angst, sofort angefrömmelt oder in Kaffee ertränkt zu werden, wenn sie mal ein bisschen schimpfen. Langsam aber sicher zermürben diese Christen uns. Heute ist Mittwoch, da ist wieder Missionstag. Da kommen sie und singen und beten, auf dem Bürgersteig vor unserem Haus oder in unserem ehemaligen Hausrestaurant. Diese verdammten Islamisten! Allmählich beginne ich, ihren perfiden Plan zur Übernahme des Abendlandes zu verstehen. Da hat unser türkischer Restaurantbesitzer, ein gläubiger Moslem, seinen Laden einfach an paranoide Christen untervermietet. Der will uns fertig machen!

Wir sind ja jetzt regelmäßig auf der Seestraße. Anfang April rief mich der türkische Inhaber von dem Café an und sagte: »Wenn du jetzt den Laden übernimmst, dann gebe ich dir die Einrichtung und alles umsonst.« Und dann gab er mir die Schlüssel in die Hand, und dann dachte ich: Huch, was mache ich jetzt damit, jetzt habe ich auf einmal so einen Laden. Aber wir haben sehr, sehr spannende Dinge erlebt.

Ich hole mir erst mal ein Bier aus dem Kühlschrank. Und gleich noch eines. Anders ist das Gejaule ja nicht zu ertragen. Aus dem Vorderhaus dringen Gitarrengeschrammel und Halleluja-Chöre. Ich verfluche das schöne Wetter, bei dem die jetzt immer die Fenster auflassen. Und das direkt neben meinem Arbeitszimmer. Entnervt versuche ich, etwas zu schreiben. *Halleljuja* hier, *hallemlalemm* da, ach Mensch, so kann man doch nicht arbeiten! Ich hole mir noch ein Bier. Okay, das hat ja alles keinen Sinn. Ich beschließe, einkaufen zu gehen.

Ich will einfach eine Begebenheit erzählen. Es war vor drei Wochen, Mittwoch, und ich kriegte wieder neu diesen Hunger. Herr, dieser Laden, warum wir uns da treffen, ist nicht, damit irgendwelche Christen sich in einem Café treffen können, sondern damit Menschen Jesus kennen lernen, damit Menschen, die nie zuvor von Jesus gehört haben, Jesus kennen lernen. Und das ist das, was mich eigentlich bewegt, Tag und Nacht: Herr, wie kann Deine Gemeinde wieder relevant werden, wie können die Menschen, die Jesus nicht kennen, wieder was von ihm hören? Und dann kriegte ich morgens im Gebet den Eindruck: Wir verschenken heute frischen Apfelkuchen auf der Straße. Ich sah ganz klar: Es reicht nicht, nur 'ne Kaffeekanne hinzustellen, es reicht nicht hinzuschreiben: »Du bist heute eingeladen«, sondern der Herr sagte mir: »Stell dich hin auf die Straße, back 'n frischen Apfelkuchen, pack ihn auf einen Pappteller und dann stell dich hin und lad die Leute ein: Darf ich Ihnen einen Apfelkuchen schenken?« Und es ist interessant! Wenn du mal jemals so was probiert hast, wie Flyer zu verteilen für Jesus – die Gesichter, auf die du dann so triffst, und die 95% der Leute, die sofort in Deckung gehen und vorbei rennen. Ich hab gemerkt: wenn du 'nen frischen Apfelku-

chen auf der Hand hast, auf 'nem Tablett, dass sie es eigentlich nur mitnehmen müssen, dann hast du nur noch 50% der Leute, die denken, du willst irgendwas von ihnen, und die anderen 50%, die wundern sich wirklich.

Als ich aus dem Haus trete, stürmt gleich der Oberchrist auf mich zu. »Darf ich Ihnen ein Stück Apfelkuchen schenken?« Verdammt, ich bin einfach nicht schnell genug. Außerdem, auf Apfelkuchen bin ich jetzt gerade nicht vorbereitet. Sonst immer stehen die da nur mit ihren Jesus-Flyern, da konnte man sich immer noch schnell wegducken und denen zeigen, dass sie einen in Ruhe lassen sollen. Und jetzt kommt der plötzlich mit Kuchen? Was soll das denn? Ich bin verwirrt.

»Komm schon, setz dich zu uns, wir haben hier gerade zwei andere Weddinger kennen gelernt, komm, für dich haben wir auch noch einen Kaffee.« Er zeigt an einen Tisch vor dem ehemaligen Restaurant, und ich traue meinen Augen kaum: Da sitzen meine Freunde und Kollegen Robert Rescue und Frank Sorge und kauen Apfelkuchen. Sie tun so, als würden sie mich nicht kennen. Der Oberchrist strahlt mich an: »Ich bin Christian, und das da sind Mario und Henry. Die wohnen auch hier in der Nähe. Die habe ich auch gerade hier auf der Straße eingeladen, auf einen Apfelkuchen, und um ein bisschen was von Jesus zu hören.« Fassungslos lasse ich meinen Blick von Frank zu Robert zu Christen-Christian schweifen. Was ist denn das für eine Geschichte? Die Sache interessiert mich jetzt doch. Ich setze mich dazu. Als Christian wieder aufspringt, um noch ein unschuldiges Opfer zu bedrängen, zische ich Robert zu: »Was ist denn hier los? Wie bist du hier denn hingekommen?« Robert flüstert: »Ich habe nur ein bisschen was getrunken, wegen dem Lärm im Hof, das ist ja anders nicht zu ertragen, und dann habe ich eben Hunger bekommen. Ich wollte mir was vom Araber holen, aber kaum, dass ich aus dem Haus gekommen bin, hat dieser Typ mich angequatscht.«

Die erste Person, die ich ansprach: Mario, ein Weddinger Arbeiter, hatte schon drei Bier intus oder mehr, ich weiß es nicht, aber konnte noch gerade gehen, und ich sprach ihn an: »Darf ich dir einen frischen Apfelkuchen schenken?« Und er so: »Äh, wie? ... Geschenkt?« Er war wirklich verwundert, und dann sagte ich: »Ja, du kannst auch noch einen Kaffee dazu trinken!« Wir hatten draußen die Tische aufgebaut. Und dann er so: »Ja, öh, ja. Für 'n Kaffee hätt' ich auch noch Zeit« Er setzt sich hin, fängt an mit dem Apfelkuchen und sagt dann: »Was macht ihr hier eigentlich? Warum? Wozu das?« Und ich sag: »Wir wollen den Menschen nur zeigen, das Gott gut ist, und dass er Gutes zu geben hat.«

Robert brummt weiter zu mir: »Er hat mir Apfelkuchen angeboten. Und Kaffee. Umsonst! Und ich hatte Zeit! Weißt du, wie lange ich keinen frisch gebackenen Apfelkuchen mehr gegessen habe? Das hat mich total an meine selige Mutter, möge sie in Frieden ruhen, erinnert, ich glaube, es ist 30 Jahre her, dass ich das letzte Mal frischen, selbst gebackenen Apfelkuchen gerochen und gegessen habe. Dafür kann ich mir ja auch mal ein bisschen was von diesem ... wie heißt der gleich?« »Jesus«, helfe ich aus. »Ja, genau, dafür kann ich mir auch mal ein bisschen was von diesem Jesus erzählen lassen. Aber falls das hier noch intimer wird, muss er ja nicht gleich wissen, wie wir wirklich heißen, deshalb habe ich gesagt, dass ich Mario heiße, und als Frank zufällig vorbeikam, da habe ich gleich gerufen: Mensch, Henry, so ein Zufall. Willst du nicht auch ein bisschen Apfelkuchen von Jesus und seinen Freunden? Und dann kamst du ja auch schon vorbei. Na ja, und jetzt sitzen wir hier halt. Schmeckt doch ganz gut.«

Die nächsten zwei Leute, auch Weddinger, auch angetrunken, was da fast jeder Zweite ist auf der Seestraße um die Uhrzeit, ich weiß auch nicht, jedenfalls, die näch-

sten zwei – und ich denke, das war ein übernatürliches Wirken, das war ein Zeichen Gottes – die nächsten zwei, die ich ansprach: »Wollt ihr 'n Stück Apfelkuchen geschenkt haben?« sagen: »Ja, äh – warum nicht?« Setzen sich hin. Da sitz ich nach anderthalb Minuten mit drei Männern draußen auf der Seestraße an einem Tisch. Ich rede die nächste Stunde mit ihnen über Gott und die Welt.

Als Christian mal kurz Pause macht mit seinem Dauergerede, schauen wir uns ratlos an. »Komm, wir gucken einfach mal, wie das da drin so ist«, schlägt Frank vor, »die sind doch harmlos.« Wir haben alle drei genug getrunken, um dem Wahnsinn ins Gesicht zu blicken. »Wir können ja mal für ein kleines Wunder sorgen«, schlägt Robert vor. Als Christian zurück zu uns an den Tisch kommt, sagt Robert plötzlich:

»Du, ich glaub, du kannst mir helfen, ich glaub, ihr könnt mir helfen.« Sag ich: »Ja, glaub ich auch. Wir kennen Jesus, der kann dir helfen. Willst du nicht mal mit reinkommen? Wir singen jetzt noch ein bisschen. Singen Lieder, und du kannst mal hören und sehen, wie sich das anfühlt mit Gott.«

Und dann geschieht es tatsächlich: Robert Rescue geht tatsächlich mit in den Laden, in die Höhle des Christen. Frank und ich sehen uns ungläubig an. »Sag mal«, wispere ich zu Frank, »was macht Rescue denn da? Sag mal ... heult der etwa?« »Na, das ist ja nun wirklich kein Wunder bei diesem grauenhaften Gesinge, das tut ja fast physisch weh.« Er sieht wirklich alles andere als glücklich aus, unser Robert, so wie wir das durch das Schaufenster sehen. Frank gibt sich einen Ruck: »Ich geh da mal rein und gucke, ob ich ihn da irgendwie rauseisen kann.«

Und an diesem Abend sind alle drei Männer drei Stunden dageblieben, und von diesen drei Männern haben zwei ihr Leben unter Tränen mit Jesus in Ordnung gebracht, haben Jesus in ihr Herz eingeladen. Beim Ersten, Mario, sag ich, nachdem wir vier Lieder für ihn gesungen haben, und er hat inbrünstig mit Leib und Seele mitgesungen, wir haben so Speisekarten mit Liedertexten drin: »Du, wir beten jetzt noch mal für dich«, und wir fangen an für den zu beten, und da kommen ihm die Tränen, und da sag ich: »Du kannst Gott einladen.«

Frank kommt wieder raus und zündet sich eine Zigarette an. »Ich weiß nicht«, murmelt er, »ich weiß nicht, ob Rescue das da drinnen bekommt.«

Dann ist er so berührt worden, da rennt er raus zu seinem Freund Henry, der war grad 'ne Zigarette rauchen, und da sagt er: »Das brauchst du auch«, ruft ihn rein, der sagt: »Okay, betet mal auch für mich.« Wir fangen an zu beten, da sagt Henry: »Mensch, da krieg ich ja auch weiche Knie«, fängt auch an zu weinen.

Allmählich wird mir die Sache unheimlich. Betet Frank da etwa auch mit? Heult der auch? Ich mache mir Sorgen um meine Freunde.

Also, es lohnt sich, sich aufzumachen und das Evangelium weiter zu geben. Und das Coolste bei dem Ganzen fand ich: Der Dritte, der saß eine ganze Stunde da und guckt sich an, wie zwei andere Leute für sich beten lassen und unter Tränen Jesus ihr Leben geben, und ich dachte: Irgendwas muss bei dem auch passiert sein.

Robert und Frank treten wieder vor die Tür. »Sagt mal«, begrüße ich sie, »das war doch nur Spaß, oder?« »Das war nur Spaß«, brummt Robert, »gehn wir ins *Sterlitz*?« Wir gingen ins *Sterlitz*.

Rattenhimmelfahrt

Ein Freund hat seine beiden Töchter vorbei gebracht, und jetzt sitze ich mit denen und meinen eigenen beiden Söhnen im Hinterhofgarten. Die Unterschichtseltern nebenan haben ihre Chance eiskalt erkannt und ihre zahllosen Unterschichtskinder zu mir rüber geschickt. Es sind wahrscheinlich so um die sieben. Ich habe etwas den Überblick verloren. Die laufen aber ohnehin alle unentwegt so fix durch die Gegend, dass ich gar keine Chance habe, sie durchzuzählen. Außerdem komme ich gar nicht dazu, weil ich ununterbrochen Milch- und Brötchenlieferungen nach draußen zu bringen habe. »Mandy!«, brüllt es aus der Wohnung der Unterschicht, und die Älteste der Brut quetscht sich fix durchs Gebüsch nach nebenan. Ein paar Minuten später kommt sie mit einem Zettel wieder zurück. Einem Zettel mit einer Nachricht. An mich. Praktisch eine analoge E-Mail. Ich bin verblüfft. Ich öffne die Nachricht. Da steht: »Hallo! Wir haben Besuch und brauchen Milch für den Kaffee. Könnt ihr uns was verkaufen?«

Sie ist clever, die Unterschicht. Das Risiko, persönlich zu fragen, wollte sie wohl nicht eingehen, in der Sorge, ich könnte ihr ein paar der Kinder anhängen. Die wissen, wie's geht. Ich fülle etwas Milch in eine Flasche, schreibe unter den Zettel »ist schon gut, ist geschenkt«, dann schicke ich die Flaschenpost auf die Reise.

Gleichzeitig dröhnt lautes Geschrei aus der anderen Ecke des Hofes. »Papa! Komm schnell!«, ruft mein Sohn, und auch die anderen Kinder sind ganz aufgeregt. »Eine

Maus! Papa, wir haben eine Maus gefunden!« Ich betrachte das Geschehen aus der Nähe. In der Bodenbetonplatte klafft eine Spalte, die an einer Stelle ein bisschen breiter ist. »Da drin!«, rufen die Kinder aufgeregt, »da drin ist sie!« Und tatsächlich: Wenn man etwas unter den Beton guckt, sieht man ein kleines Schnäuzchen und ein dunkles Knopfauge. Aber von wegen Maus. Das ist eine junge Ratte. Und zwar, das ist mir sofort klar, eine junge Ratte, die auch nicht mehr alt werden wird. Keine Ratte der Welt würde einfach so sitzen bleiben, wenn eine Horde Kinder um sie herum hüpft. Dieses Exemplar hier hat also ganz offenbar Bekanntschaft mit den Hinterlassenschaften der Firma Rent-to-kill gemacht. Wie passend, das heute Christi Himmelfahrt ist, da muss sie den letzten Weg wenigstens nicht allein antreten.

»Wie süß! Eine Maus!«, rufen die Kinder. »Äh ja«, sage ich, »süß. Eine Maus.« »Können wir mit der spielen?« Oh je, jetzt sind hier aber gesteigerte pädagogische Fähigkeiten gefragt. Einerseits will ich nicht, dass die Kinder Angst vor Tieren bekommen. Es gibt schon genug Volldeppen und Hysteriker auf der Welt, die beim Anblick jeder Ratte, Maus, Spinne oder Schlange in entsetztes Quieken ausbrechen. Und das ist nichts Natürliches, wie irgendwelche Vulgärpsychologen gern mal verbreiten, das ist alles anerzogen. Kinder finden Tiere super, und zwar alle, und so soll es bitteschön auch bleiben. Also: nichts unternehmen, was Panik auslösen könnte.

Andererseits können Ratten durchaus ordentlich zubeißen, und wer weiß schon, wie eine Ratte reagiert, die ganz offensichtlich zum Sterben noch einmal an die frische Luft gekrochen ist, die ein letztes Mal das handtuchgroße Stückchen Himmel zwischen den Wohnblocksteilwänden erspähen will, bevor sie ihren letzten Quieker spricht. Ganz abgesehen von all den Flöhen, Läusen und sonstigen Kerbtieren, für die es ganz offenkundig höchste Zeit wird, sich nach einer neuen Bleibe umzusehen. Ich versuche den Kindern also zu vermitteln, dass sie die Maus – ich belasse es mal lieber beim zoologisch inkorrekten Terminus, wer weiß, wie sie reagieren, wenn ich sage, dass es eine Ratte ist – zwar angucken dürfen, aber aus einer gewissen Entfernung, damit sie sich nicht erschreckt.

Und natürlich fragt gleich eines der Kinder: »Kann die beißen?« »Ja«, sage ich wahrheitsgemäß, »das macht die aber nur, wenn ihr sie ärgert. Also lasst sie einfach schön in Ruhe und guckt sie aus sicherer Entfernung an.« Nun hat sich ein großer Kreis aus Kindern gebildet, die konzentriert in das Loch gucken. Mühsam schleppt die Ratte sich nach vorne und streckt schließlich ihren Kopf aus dem Loch. Die Kinder johlen auf vor Glück. »Die Maus guckt! Sie will spielen!« »Nein, die will nicht spielen«, versuche ich, die Situation unter Kontrolle zu halten, »die will nur mal sehen, was hier los ist.« Die Ratte zittert am ganzen Körper. Lange wird sie's nicht mehr machen. Müde setzt sie Pfötchen vor Pfötchen, gebannt schauen die Kinder zu, ich fühle mich ein bisschen wie Professor Grzimek. Ich beschließe, die Ratte auf den Namen Serengeti zu taufen. Serengeti darf nicht sterben, jedenfalls nicht, solange ein knappes Dutzend Kinder ganz außer sich vor Entzücken ist ob des niedlichen Tierchens.

Was tun? Die Ersten verlieren schon das Interesse und rasen wieder los, auf dem Bobbycar, dem Laufrad oder nur so, einige beobachten weiter gebannt das Tier. Das schleppt sich einen weiteren Schritt nach draußen, jetzt bekommt es einen Zitteranfall. »Och, wie niedlich!«, ruft die ältere Tochter des Freundes, sie ist ganz bezaubert. »Ich will auch so eine Maus!« »Ja, sprich heute Abend mit deinem Papa drüber«, sage ich, »aber die hier, äh, die kannst du nicht haben. Die wohnt hier.« Die Ratte schleppt sich einen halben Schritt nach vorne, direkt auf die Kleine zu. »Sie will zu mir!«, ruft das Mädchen begeistert. »Die ist ganz müde!«, bemerkt Wilko nicht ganz unpassend. Die Ratte kriegt die Augen kaum noch auf, sie torkelt ein bisschen. Plötzlich donnert eines der Kinder mit dem Bobbycar nur um Zentimeter an der Ratte vorbei. Wilko und das Mädchen quieken auf, sogar die Ratte schreckt etwas hoch und macht die Augen auf. Uff, noch mal gut gegangen. Das hätte mir noch gefehlt, dass der Prekariatsbengel hier eine Art *chainsaw massacre* angerichtet hätte, mit Blut und Gedärm und allem.

Ich wittere meine Chance. »Oh, oh, jetzt hat sie sich erschreckt«, sage ich, »guckt mal, sie zittert ja!« »Armes Mäuschen«, ruft das Mädchen, »wir tun dir doch nichts!« Da bin ich mir allerdings nicht so sicher, mit Mühe gelingt es mir, eine weitere Attacke der Nachbarsgöre abzuwehren, ganz klar: Das war volle Absicht, die Kröte will die Ratte übermangeln. Das wäre zwar unterm Strich wahrscheinlich das Beste, was wir jetzt tun könnten, pädagogisch aber scheint mir das doch fragwürdig. Kurzerhand konfisziere ich das Bobbycar. Aber der Erfolg ist zweifelhaft. Jetzt springt der Kleine wild durch den Garten, und wie zufällig hüpft er immer wieder zur Ratte, und wiederum praktisch nur um Millimeter daneben. Ganz klar, er will das Tier zertreten. Im nächsten Moment kommt er mit einem Hubschrauber an, den er wie eine Keule schwingt. Wieder stürmt er auf den wehrlosen Nager zu. Nun ist wohl endgültig eine Klärung der Situation nötig. Aber noch ehe ich mir den kleinen Mäusezermatscher zur Brust nehmen kann, quietschen die Mädchen auf: »Sie hat geniest!« Ich gucke kurz: oh. Ein feiner Faden Blut rinnt aus ihrer Schnauze. Das Zittern hat auch aufgehört. Keine Frage, die Ratte ist im Rattenhimmel. »Psst... die kleine Maus schläft!«, sage ich zu den Kindern, »jetzt müssen wir ganz leise sein und sie in Ruhe lassen!« Zum Glück funktioniert der Trick. Leise schleichen wir uns davon. »Schlaf gut, liebe Maus«, flüstert das Mädchen noch. Ja, schlaf gut, kleine Ratte, denke ich. Da werden wir jetzt mal lieber im Sandkasten weiterspielen.

Nachbarschaftsgespräche

Das kurze Schwätzchen mit den Nachbarn, das ist ja auch gar nicht mehr so einfach heutzutage. Da saß ich ganz gemütlich in einem meiner Weddinger Lieblingscafés und nippte an meinem Bier, als sich jemand zu mir an den Tresen setze und ein Weizen bestellte. Wir saßen da, einfach nur nebeneinander auf unseren Barhockern. Ich hatte ihn hier schon ein paar mal gesehen, aber wir waren nie groß ins Gespräch gekommen. Ich kann sehr gut stumm am Tresen sitzen und an meinem Glas nippen, das kann ich wahrhaftig. Gäbe es eine Berliner Meisterschaft im Stumm-am-Tresen-sitzen-und-an-seinem-Glas-nippen, könnte ich mir gute Chancen ausrechnen, schließlich komme ich aus Westfalen, da ist das praktisch genetisch fixiert, da sitzt man gern stumm am Tresen und nippt an seinem Glas. Aber nach einer halben Stunde machte mein schweigender Tresennachbar mich doch allmählich nervös, zumal er sehr angespannt wirkte.

Ich dachte, so ein bisschen Konversation zum Bier, das hat doch was, es muss ja nichts Großes sein, also wandte ich mich ihm zu und sagte: »Ganz schön kalt heute, wa?« Damit wäre mein Kommunikationsbedürfnis für die nächste Stunde an sich schon befriedigt gewesen, ich hatte noch auf ein »Ja, ganz schön kalt draußen heute, da sagtse was Wahres« oder etwas in der Richtung gehofft, und nach diesem anregenden Plausch hätte dann jeder von uns entspannt den Worten nachsinnen, schweigen und an seinem Bier nippen können.

Aber es kam anders. Eine einzige kleine Frage – »Ganz

schön kalt heute, wa?« –, aber offenbar der Haarriss, der eine vulkanische Magmablase zur Eruption brachte. Zunächst dachte ich noch, mein Tresennachbar erlaube sich einen schwachen Scherz, als er antwortete: »Ja, und da erzählen die was von Erderwärmung«, aber ich kam gar nicht zum müden Lachen, da prasselten die Wortsalven wie aus einem Maschinengewehr abgefeuert auf mich ein: dass das ja alles gar nicht stimmen könnte mit dem Treibhauseffekt und dem CO_2, dass das eine groß angelegte Verschwörung sei, er habe das selbst nachgerechnet, das mit dem CO_2, das mache nur nullkommanochwas Prozent der Atmosphäre aus, was der Mensch dazu beisteure, das könne jeder mit dem Taschenrechner selbst nachrechnen, es gebe da sehr aufschlussreiche Seiten im Internet, alles wissenschaftlich bestätigt und von diversen Nobelpreisträgern berechnet, aber die Medien, die schweigen das einfach tot, die beließen Deutschland als Tal der Ahnungslosen, die wollen, dass wir an diesen Unsinn mit der Erderwärmung glauben, und die Regierung und die grünen Ökologisten und die Klimaforscher, die wollen das auch, die würden da richtig dran verdienen, das wäre ein ganz, ganz großes Ding, Klimakanzlerin, na klar, die vertritt doch nur die Interessen der Großindustrie und der Ökofaschisten, die ist doch längst gekauft von denen – und so weiter und so fort, er war gar nicht mehr zu stoppen. Die Sache wurde mir jetzt doch lästig, ich bereute mein sinnloses Geplapper bereits bitterlich. Warum konnte ich nicht einfach die Klappe halten und mein Bier trinken? Aber jetzt half es auch nichts mehr.

Als er weiter schimpfte, die würden uns doch alle verarschen, alle, alle würden die uns verarschen, und danach Luft holen musste, schaltete sich plötzlich ein Gast vom Tisch nebenan ein: »Ja, ja, man wird ja überall verarscht«, nahm er den Gesprächsfaden elegant auf, diese verbrecherischen Telefongesellschaften nämlich, die würden einen ja wirklich nach Strich und Faden verarschen, da würden die Medien auch nie drüber berichten, obwohl da sicher eine ganz große Sache hinter stecke. Mein Tresennachbar guckte ihn verblüfft an, aber jetzt geriet der Mann am Tisch in Rage: Man müsse sich das ja nur mal überlegen, dass die alle paar Jahre sämtliche Straßen aufreißen und Kabel neu verlegen, und überall stellen sie jetzt so Dinger in unsere Wohnungen, mit kleinen Antennen dran, aus denen angeblich das Internet kommt, aber weiß der Himmel, was das für Strahlen sind, da ist ganz sicher irgendwas faul. Und jetzt wolle der Senat die ganze Stadt mit diesem Netz bestrahlen! Das stänke doch zum Himmel! Und sobald man die Telefongesellschaften anruft und was von denen will, lassen die einen ja gar nicht zu sich durch, man bleibt bei irgendwelchen Maschinen und Bandansagen hängen und soll irgendwas über die Tastatur des Telefons eingeben, dabei, also, er sei ja schließlich noch mit Wählscheiben groß geworden, mit Wählscheiben!, er wisse gar nicht, ob wir uns daran noch erinnern könnten, also damals, da war nichts mit: »Bei Fragen zu Ihrer Telefonrechnung, drücken Sie die 1«, da gab es nur Wählscheiben, und wenn man ein Problem hatte, dann ist ein netter Herr von der Post gekommen und hat gemacht, dass alles wieder gut wird, aber heute heißt es dann nur, nachdem man sich durch mehrere Interviews mit irgendwelchen Maschinen gequält und mit Tastendrücken geantwortet hat und man schließlich an irgendeinen Mitarbeiter gerät, dass man da gar nichts sagen könne, weil man erstens das Passwort nicht wisse und zweitens wahrscheinlich sowieso bei einer völlig anderen Telefonfirma sei, und drittens müssten unbedingt die Geräte ausgetauscht werden, aber da müsse jemand kommen, auf keinen Fall könne man einem das vermutlich defekte Gerät in den nächsten Telefonladen bringen und umtauschen. Das sei wahrscheinlich wegen diesen Strahlen, die da aus der Antenne kommen, die wissen nämlich, was los ist, die wollen das auf keinen Fall bei sich in der Bude haben, wir werden da doch nach Strich und Faden verarscht, und in zwei Jahren reißen sie wieder alle Straßen auf und legen neue angebliche Kabel rein, aber vermutlich wollen die einfach nur die Weltherrschaft übernehmen.

Mein Tresennachbar guckte den Mann am Tisch entgeistert an und meinte, er wäre ja wohl voll der Spinner, er wäre auch nur so ein gutgläubiger Trottel, der sich von den Mächtigen jeden Scheiß erzählen ließe, Telefonfirmen an die Weltherrschaft, das sei ja lächerlich, das sei ja geradezu eine Verschwörungstheorie, dabei sei doch völlig offensichtlich, dass die nur von ihrem Vorhaben ablenken wollen, mit der angeblichen Erderwärmung die Macht an sich zu reißen, das sei doch das Problem, er solle aufhören mit diesem paranoiden Telefon-Quatsch, während die in den Hinterzimmern all dieser Klimakonferenzen doch längst die Unterjochung der freien Welt beschlossen hätten.

Gut, dachte ich, vielleicht ist es langsam an der Zeit, zu gehen. Ich war noch mit meinem Kumpel Backen verabredet, der wohnt gleich um die Ecke. Ich ging vorher noch kurz zum Kiosk, Backen hatte darum gebeten, ihm ein Päckchen Zigaretten mitzubringen. Eine Packung *Cabinet* sollte es sein, und ich bin mir auch ganz sicher, dass ich danach verlangt hatte, aber der Kioskbesitzer fing gleich an zu schimpfen:

Was ich denn jetzt mit »ein Minarett, bitte« gemeint habe, ob ich etwa auch schon so ein durch und durch islamisierter Kopftuchdeutscher sei, so ein Volldhimmi. Die ganzen Moslems hier, die wollten doch die Herrschaft übernehmen, das habe der Thilo Sarrazin schon ganz richtig erkannt, die würden sich doch alle vermehren wie die Karnickel und dann den ganzen Staat übernehmen und die Scharia einführen, und unsere Eliten, die würden einfach tatenlos zusehen, ach was, die würden das ja sogar richtig fördern, die steckten wahrscheinlich alle mit denen unter einer Decke, wahrscheinlich, weil sie dann mehr Macht haben, wenn hier mal ein islamischer Staat errichtet ist, dann würden die alle übertreten und könnten endlich machen, wie sie wollen, das sei doch klar abzusehen, und außerdem ...

   Fluchtartig verließ ich den Laden. Bei Backen um die Ecke steht noch ein Zigarettenautomat, und dann schnell zu ihm nach oben. Und hoffentlich niemand mehr treffen, mit dem ich reden muss. Diese Nachbarschaftsgespräche, die sind heutzutage ja wirklich auch gar nicht mehr so einfach.

Wedding am Ende

Traurig schlurft Erkan G. die Liebenwalder Straße entlang. »Ey, die haben uns voll gefickt!«, klagt er wütend an. Sein Kumpel Ali M. pflichtet ihm zornig bei: »Diese verfickten Bastarde haben uns voll krass am Arsch!«

Ein ganz normaler Anblick in diesen Tagen. Perspektivlose Jugendliche im Wedding, die meisten mit türkisch- oder arabischstämmigen Hintergrund, ohne Chancen, ohne Hoffnung, voller Wut und Verzweiflung. Ganz gleich ob am Nauener Platz, in der Koloniestraße oder im Schillerpark. Ungehemmt bricht der Zorn sich Bahn. »Wozu sollen wir denn noch in die Schule?«, brüllt Erkan, »was soll das denn noch bringen?«

Und tatsächlich: Seit die Lehrer der Rütli-Hauptschule ihre bedingungslose Kapitulation erklärt haben, ist nichts mehr zu retten. Zeitungsjournalisten, Kameraleute, Polizisten – alle reden nur noch von Neukölln. Die Berlin-Horrorgeschichten von *Bild*, *B.Z.* und *Spiegel* – alle nur noch aus Neukölln. Die Fernsehberichte über gescheiterte Integration – Neukölln. Uli Hallemanns Bestseller »von der Talsohle des Lebens« – Neukölln.

»Guck dir unsere verfickte Schule doch mal an«, ruft Mohammed, »kein einziger Reporter, ey, wir haben sogar 'n Direktor, wir haben schon seit Jahren einen gottverfickten Direktor, was soll denn die Scheiße, ey!«

Der ganze Bezirk steht unter Schock. Sie haben sich übertölpeln lassen – von den Neuköllnern. Jahrelang stand es unentschieden im Rennen um den Ruf des einzig legitimierten Hauptstadtghettos, und die Weddinger haben es sich eingerichtet darin. Haben sich einlullen lassen. Haben geglaubt, ihre Spitzenposition wäre für alle Zeiten gefestigt. Aber man muss hart arbeiten, wenn man ganz oben bleiben will. Stück für Stück, man muss es im Nachhinein einfach sagen, ließ die Aufmerksamkeit nach. Routinemäßig nahm man sie zur Kenntnis, die immer mal wieder aufflackernden Berichte in den Medien, als ganz selbstverständlich hatte man es erachtet, dass bei sozialen Unruhen in aller Welt, bei Kriegen, Überschwemmungen und Epidemien als Erstes die Reporter am Leopoldplatz auftauchten und ihre »Kann das nicht auch bei uns passieren?«-Berichte abdrehten. Kaum ein Weddinger, der nicht schon vor laufender Kamera die Zustände in seinem Bezirk, der Stadt und der Welt beklagt hätte, kaum ein Migrantenkind, das sich nicht seinen Frust über Pubertät, Ärger mit den Eltern oder Zahnschmerzen von der Seele geredet hätte – hier im Wedding, da gab es immer jemand, der ein offenes Ohr für einen hatte, der sich für einen interessierte, und sei es auch nur ein Journalist. Und wenn ein Weddinger mal ein bisschen Anerkennung suchte, ein paar freundliche Worte, ein mutmachendes Schulterklopfen – nirgends war das einfacher als hier. Man musste nur mal Fußball spielen oder Tanzen gehen oder seine Fenster putzen, schon wurde man im Fernsehen für seine Eigeninitiative gelobt und dafür, dass man gerade keine Drogen verkaufe oder Autos abfackele.

Heute ist im ganzen Bezirk kein einziger Reporter mehr. Sie sind alle weg – alle in Neukölln.

Neidvoll müssen die Jugendlichen in der Zeitung lesen, wie die Neuköllner Kids ihre Gewaltstorys für 100 Euro an Journalisten verkaufen, das Stück! Im geschäftstüchtigen Hamburg haben sich die Jugendlichen sogar 200 Euro zahlen lassen, damit sie sich vor ZDF-Kameras prügeln. Das ZDF nennt das eine »Aufwandsentschädigung«. Schöne Formulierung.

Erkan vom Nauener Platz ist fassungslos. »Und ich Idiot hab denen für 50 Euro ganze Interviews gegeben!«, schimpft er in der bitteren Erkenntnis, dass er sich über den Tisch hat ziehen lassen und seine Haupteinnahmequelle jetzt wohl auch noch für immer versiegt ist.

Breitbeinig stehen Erkan und seine Freunde auf dem Nauener Platz und bieten für lau das ganze Programm: Schubsen, aggressives Grölen, aufgeplusterte Jacken, Baseballcaps, Butterflymesser. Ein Anblick, der noch vor wenigen Wochen ein Top-Motiv für jeden Pressefotografen gewesen wäre. Heute interessiert sich keine Sau mehr dafür.

Die alte Oma Kaloppke schlurft mit ihren schweren Einkaufstaschen vorbei. Erkan wittert seine Chance: »Hallo Sie?! Äh, ich meine natürlich: Ey du alte Nutte!«, ruft er der 80-jährigen zu und bemüht sich um einen grimmigen Gesichtsausdruck, »wollen Sie, äh, willstu Stress, oder was?!«

Aber Oma Kaloppke guckt nur müde auf und winkt gelangweilt ab. »Ach, Jungs«, sagt sie mit traurig-mildem Lächeln, »das hat jetzt doch alles keinen Sinn mehr. Es ist vorbei. Helft mir mal lieber, die Taschen nach oben zu tragen.« Resigniert seufzen die Halbstarken, nehmen der alten Dame die Tüten ab und tragen sie ihr in die Wohnung hoch. Die 50 Cent, die Oma Kaloppke jedem von ihnen heimlich in die Bomberjacke steckt, reichen am Kiosk gerade für ein *Flutschfinger*-Eis. Es ist so demütigend.

Auf ein gutes neues Jahr

Vielleicht weil alte Männer ja immer irgendwie von Krieg und Waffen fasziniert werden, beschloss ich, dieses Jahr Silvester zu Hause zu bleiben. Wir luden Besuch, verbrachten einen gemütlichen Abend und, weil es so schön schneite, brachen wir zum Jahreswechsel zu einem kleinen Spaziergang um die Häuser auf.

Es ist ja nicht so, dass wir nichts geahnt hätten. Es war schon den ganzen Abend ein reges Geknalle, aber um Schlag zwölf wurde der Spazier- zum Waffengang. Nach einigen Minuten und mehreren nur Handbreiten neben uns explodierten Sprengkörpern aller Art beschlossen wir, den geordneten Rückzug Richtung Wohnung zu versuchen. Vorsichtig drückten wir uns von Hauseingang zu Hauseingang, immer achtsam die Balkone über uns scannend. Ein Anfängerfehler, natürlich, denn wo kann so ein Kracher schon schöner krachen als in einem Hauseingang. Mit einem Fiepen in den Ohren flüchteten wir wieder auf die offene Straße, wo wir umgeben waren von ausgelassenen Menschen aller Altersklassen und aller Herren Länder.

Es muss doch mehr Bürgerkriegsflüchtlinge hier geben, als man gemeinhin denkt, die sich jetzt endlich mal wieder richtig wie zu Hause fühlten, so fröhlich und unbeschwert, wie sie zwischen den explodierenden Kanonenschlägen, den in alle Richtung zischenden Raketenorgeln und den knatternden, in riesigen Schwefeldampfschwaden fast verschwindenden Leuchtvulkanen umher strömten. Unser arabischer Teigwarenverkäufer stürmte strahlend aus seinem Laden, wir waren erleichtert, einen Bekannten zu treffen. »Frohes neues Jahr!«, rief er uns überschwänglich zu, zückte eine Pistole und schoss ein ganzes Magazin in unsere Richtung. Ich muss wohl etwas schockiert geguckt haben, sodass er freudestrahlend erklärte: »Alter arabischer Neujahrsbrauch!«, und sorgfältig begann er damit, die Knarre wieder nachzuladen. »Das sind doch nur Platzpatronen«, beruhigten wir uns, aber fragen wollte ich sicherheitshalber lieber nicht. Es war ohnehin zu laut für weitere Unterhaltungen, erst recht, nachdem ein vielleicht sechsjähriger migrationshintergründischer Junge zwischen unseren Beinen Munition zur Explosion brachte, mit der seine Eltern in Kurdistan sonst vermutlich die Versorgungstransporte der türkischen Armee sprengen. Wir sprangen panisch weiter, »ein frohes neues Jahr« hörten wir das Jüngelchen piepsen. Weiteres ging in der nächsten arabischen Schusssalve unter.

Einige türkische Jugendliche durchsuchten den Schnee nach fehlgezündeten Knallern und erfreuten sich daran, ihre Funde an den winzigen Zündschnurrudimenten anzuzünden oder gleich ganz in die Feuerzeugflamme zu halten, um sie dann mit durchaus eindrucksvollem Timing im letzten Moment auf die umgehenden Passanten zu werfen. Der Zeitungshändler an der Ecke hatte noch die *B.Z.*-Schürze vom Tage vor der Tür stehen, mit der hübschen Schlagzeile »*Polen-Böller* zerfetzte mir die rechte Hand«, und die Vorstellung, dass es den ein oder anderen meiner Mitbürger heute sicherlich noch auf ähnliche Weise treffen würde, bereitete mir eine gewisse Genugtuung. Fast dachte ich, ich dürfte live dabei sein, als einer der beiden Adoleszenten mit seinem Feuerzeug direkt an einem Kanonenschlag, den er in der anderen Hand hielt, herumzündelte und im nächsten Moment ein gewaltiger Knall die Seestraße erschütterte, aber als der Rauch sich verzog, grinste uns der Jungmann gut gelaunt an: »Frohes neues Jahr«, rief er uns zu, dann begann er wieder damit, den Schnee wie ein Trüffelschwein zu durchsuchen.

Wir kämpften uns weiter über die Seestraße Richtung Wohnung vor, als uns kurz vor dem Ziel plötzlich unsere bis dahin völlig unbeeindruckten, bestens gelaunten südländisch aussehenden Mitweddinger offensichtlich verstört flüchtend entgegenkamen. »Passt bloß auf!«, zischte uns einer zu, der von unserem Haus wegeilte, »passt bloß auf!« Was war geschehen? Hatte der Gefechtsdonner im alten Kasulke die Jugenderinnerungen von der Front geweckt, und hatte er ein letztes Mal die Mauser-Panzerbüchse aus dem Wohnzimmerschrank geholt? Hatte der Kampfhund vom französischen Fahrrad-Reparaturservice die Nerven verloren und sorgte auf seine Weise für Ruhe? War die immer atemberaubend einparfümierte russische Bardame der *Stettin-Bar* auf den Bürgersteig getreten und ließ die nichts ahnenden Orientalen an den Einsatz von Chemiewaffen denken?

War das überhaupt die russische Bardame, wie sie da so stand in diesem U-Bahn-Linie-6-blauen Kleid mit dem weiten Ausschnitt und mit der Bob-Frisur? Hatte ich die nicht schon mal im Fernsehen gesehen? Naja, egal. Der Grund war ein anderer:

Vor unserem Haus standen die Christen. Sie waren aus dem Restaurant bei uns im Vorderhaus gekommen, das sie übernommen hatten und das inzwischen *Café Ölzweig* heißt, etwa ein dutzend von ihnen bildete nun einen Kreis, fasste sich an den Händen und reckte die Arme gen Himmel, dabei sphärische Halleluja-Gesänge zum Herrn richtend.

»Achtung, die sind völlig durchgeknallt«, zischte uns der Sohn vom türkischen *Sterlitz*-Besitzer zu, der vor einem der Missionare der Pfingstcharismatiker davonrannte, die um die Gruppe um den Chefprediger herumschwirrten und versuchten, unbedachte Passanten anzufrömmeln. Eine Jungchristin kam direkt auf uns zu – verdammt, der Weg war versperrt, wir würden ihr direkt in die Arme laufen, die sie in Vorfreude jetzt schon ausbreitete, vermutlich, um uns, ehe wir uns wehren konnten, gleich mit irgendeinem Segen zu überziehen. Kurz bevor sie uns erwischte, explodierte ein China-Böller genau zwischen uns.

Der Libanese aus dem ersten Stock des Nachbarhauses winkte uns verschwörerisch zu und deutete auf die offene Seestraße, zum Mittelstreifen, der einzig sichere Fluchtweg, denn von hinten nahte ein weiterer Christ. Unser Retter schickte noch einen Sprengsatz auf die Reise, und wir retteten uns im Schwefelnebel auf den ehemaligen Grünstreifen. Dort stand bereits Friedrich der Große in voller Montur. Er betrachtete das Schauspiel von hier aus in aller Ruhe. Er prostete uns in angenehmer Zurückhaltung mit einer Sektflasche zu, die er in der Hand hielt, dann bot er uns auch einen Schluck an. Fürst Metternich. »Ein frohes neues Jahr wünsche ich Ihnen«, sagte er würdevoll, dann vertiefte er sich wieder in die Betrachtung der nächsten Raketenorgel, die vor dem *See-Tank* auf der anderen Straßenseite gezündet wurde, und sann vermutlich dabei über die Schlesischen Kriege.

Wir genossen die bemerkenswerte Ruhe hier außerhalb der direkten Kampfzone, die Sicht auf das Feuerwerk war beeindruckend, die wenigen Autos schwebten fast geräuschfrei im Schritttempo über die verschneiten Spuren, der Schnee reflektierte in allen Farben der Feuerwerkskörper. Der Preußenkönig reichte uns nochmals den Fürsten Metternich, und nach einer Weile sahen wir, wie die ausgeschwärmten missionarischen Elemente der Christen sich in den Kreis einreihten und nun offenbar in kollektiver Trance mit gutturalen Lauten versanken. Wir erkannten unsere Chance, verabschiedeten uns vom Alten Fritz und flüchteten in den Hauseingang. Die Kinder aus dem Seitenflügel warfen noch ein paar Knallfrösche im Innenhof auf uns, dann waren wir wieder daheim. Na also – bei einem solchen Start: Das kann doch nur ein gutes Jahr hier im Wedding werden!

Aus der Reihe Critica Diabolis

21. *Hannah Arendt,* Nach Auschwitz, 13,- Euro
45. *Bittermann (Hg.),* Serbien muß sterbien, 14.- Euro
55. *Wolfgang Pohrt,* Theorie des Gebrauchswerts, 17,- Euro
65. *Guy Debord,* Gesellschaft des Spektakels, 20.- Euro
68. *Wolfgang Pohrt,* Brothers in Crime, 16.- Euro
112. *Fanny Müller,* Für Katastrophen ist man nie zu alt, 13.- Euro
116. *Vincent Kaufmann,* Guy Debord – Biographie, 28.- Euro
118. *Franz Dobler,* Sterne und Straßen, 12.- Euro
119. *Wolfgang Pohrt,* FAQ, 14.- Euro
121. *Matthias Penzel & Ambros Waibel,* Jörg Fauser – Biographie, 16.- Euro
125. *Kinky Friedman,* Ballettratten in der Vandam Street, 14.- Euro
127. *Klaus Bittermann,* Wie Walser einmal Deutschland verlassen wollte, 13.-
129. *Robert Kurz,* Das Weltkapital, 18.- Euro
130. *Kinky Friedman,* Der glückliche Flieger, 14.- Euro
131. *Paul Perry,* Angst und Schrecken. Hunter S. Thompson-Biographie, 18.-
135. *Ralf Sotscheck,* Der gläserne Trinker, 13.- Euro
138. *Kinky Friedman,* Tanz auf dem Regenbogen, 14.- Euro
139. *Hunter S. Thompson,* Hey Rube, 10.- Euro
140. *Gerhard Henschel,* Gossenreport. Betriebsgeheimnisse der »Bild« 5.-
144. *Hartmut El Kurdi,* Der Viktualien-Araber, 13.- Euro
145. *Kinky Friedman,* Katze, Kind und Katastrophen, 14.- Euro
146. *John Keay,* Exzentriker auf Reisen um die Welt, 14.- Euro
148. *Heiko Werning,* In Bed with Buddha, 14.- Euro
150. *Wiglaf Droste,* Will denn in China kein Sack Reis umfallen, 10.- Euro
153. *Fanny Müller,* Auf Dauer seh ich keine Zukunft, 16.- Euro
154. *Nick Tosches,* Hellfire. Die Jerry Lee Lewis-Story, 16.- Euro
155. *Ralf Sotscheck,* Nichts gegen Engländer, 13.- Euro
156. *Hans Zippert,* Die 55 beliebtesten Krankheiten der Deutschen, 14.- Euro
157. *John Keay,* Mit dem Kanu durch die Wüste, 16.- Euro
158. *Jakob Hein,* Der Alltag der Superhelden, 16.- Euro
160. *Hunter S. Thomspon,* Die große Haifischjagd, 19.80 Euro
161. *Bittermann & Dobler (Hg.),* Smoke that Cigarette, 15.- Euro
162. *Lester Bangs,* Psychotische Reaktionen und heiße Luft, 19.80 Euro
163. *Antonio Negri, Raf V. Scelsi,* Goodbye Mr. Socialism, 16.- Euro
164. *Ralf Sotscheck,* Nichts gegen Iren, 13.- Euro
165. *Wiglaf Droste,* Im Sparadies der Friseure, Sprachkritik, 12.- Euro
166. *Timothy Brook,* Vermeers Hut. Der Beginn der Globalisierung, 18.- Euro
167. *Zippert,* Was macht eigentlich dieser Zippert den ganzen Tag, 14.- Euro
168. *Gabriele Goettle,* Wer ist Dorothea Ridder? 14.- Euro
169. *Joe Bauer,* Schwaben, Schwafler, Ehrenmänner, 14.- Euro
170. *Bittermann (Hg.),* Unter Zonis, 20 Jahre reichen so langsam, 15.- Euro
171. *Harry Rowohlt, Ralf Sotscheck,* In Schlucken-zwei-Spechte, 15.- Euro
172. *Michela Wrong,* Jetzt sind wir dran. Korruption in Kenia, 22.- Euro
173. *einzlkind,* Harold, Toller Roman, 16.- Euro
174. *Wolfgang Pohrt,* Gewalt und Politik, Ausgewählte Schriften, 22.- Euro
175. *Carl Wiemer,* Über den Literaturverweser Martin Walser, 13.- Euro
176. *Heiko Werning,* Mein wunderbarer Wedding, 14.- Euro

http://www.edition-tiamat.de